Regina Gehmlich

Aus dem Schatzkästchen der Inselbummlerin   3

Vulcano   Öland

Vulcano. Wo die Luft nach Schwefel riecht

Mitreisende: M (37), R (33), M (6), A (4), D (3)

Es ist 7.00 Uhr. Das Abenteuer hat begonnen. Wir sitzen im ersten von insgesamt fünf Zügen, die uns in den nächsten beiden Tagen nach Milazzo bringen werden. Von dort aus soll es mit der Fähre nach den Äolischen Inseln, genauer nach Vulcano, gehen.

Würde alles klappen? Würden wir alle Anschlusszüge erreichen oder irgendwo auf halber Strecke liegenbleiben? Würden wir pünktlich genug ankommen, um den Hafen zu suchen und noch eine Fähre nach den Inseln zu erreichen? Fragen über Fragen, aber nun lag es nicht mehr in unserer Hand. Jetzt hieß es nur noch, uns zurückzulehnen und die Dinge auf uns zukommen zu lassen.

Nächster Tag, 17.00 Uhr. Wir haben es fast geschafft. In zehn Minuten wird die Fähre Vulcano erreichen, zumindest laut Fahrplan. Hinter uns liegen knapp zwei Tage Zugfahrt; über die Alpen hinweg durch ganz Italien, vorbei an Ruinen römischer Aquädukte, dem Vesuv und den Bergen Kalabriens, hinüber nach Sizilien. Wir hatten den

Hafen von Milazzo und unsere Fähre gefunden. Außerdem war es uns – trotz mangelnder Erfahrung im Umgang mit Handys und ausländischen Mobilfunknummern – schon gelungen, Kontakt mit dem Schlüsselhalter unserer Ferienwohnung aufzunehmen, der zu unserer Überraschung auch noch sehr gut deutsch sprach.

Die Fahrt unserer Fähre verlangsamte sich. Wir gingen nach oben zum Ausgang, wo uns ein kräftiger Hauch wie von fauligen Eiern umwehte. Augenblicklich wandten wir uns nach dem stinkenden Müllbehälter um, aus dem dieser Geruch käme, entdeckten jedoch keinen.

Die Fähre hatte inzwischen angelegt, und wir traten hinaus auf den Steg. Viel nahmen wir im Gewimmel der ein- und aussteigenden Menschen noch nicht wahr; nur, dass es hier draußen immer noch genauso stank. Da fiel es uns wie Schuppen von den Augen: das waren keine faulenden Abfälle, die so rochen, das war die Insel selbst! Unsere Nasen, die sich eben hatten rümpfen wollen, glätteten sich wieder. Der Geruch, der eben noch ein Gestank gewesen war, wurde zum Willkommensgruß. Vulcano war ein aktiver Vulkan, genau deswegen waren wir ja hergekommen, und zu einem Vulkan gehörte

Schwefelgeruch unweigerlich dazu. Fast waren wir nun versucht, ihn tief einzuatmen.

Es blieb jedoch bei dem bloßen Gedanken, denn in diesem Moment sprach uns der Schlüsselhalter unserer Ferienwohnung an. Wenig später waren wir in unserem Quartier. Es lag direkt am Fuße des Vulkans, und von der Terrasse aus konnten wir hinauf zum Kratergipfel schauen. Wir richteten uns kurz ein, dann brachen wir zu einem ersten Orientierungsspaziergang auf.

Unser Weg führte uns zunächst wieder zum Hafen. Von dort wandten wir uns, den Boutiquen und Souvenirläden folgend, ins Inselinnere. Links reihte sich Lädchen an Lädchen, rechts erhob sich nach wenigen Metern ein einzeln stehender rötlichbrauner Felsen, der vor langer Zeit zu einem gewaltigen Fumarolenschlot gehört haben musste. Besonders auf seiner Spitze waren auch jetzt noch gelbe Schwefelablagerungen zu sehen, während von unten ein paar blaßgrüne Feigenkakteen ihn zu erobern suchten. Die schon tiefstehende Sonne ließ den Felsen regelrecht aufleuchten. Darüber spannte sich das unwirkliche Blau eines Himmels, der kein Nachmittags-, aber auch noch kein Abendhimmel war.

Immer wieder schauten wir zu diesem unglaublichen Farbenspiel hinauf. Zwar waren wir genau wegen derartiger Landschaften hierhergekommen, aber von einem solchen Anblick hatten wir nicht zu träumen gewagt. Beinahe war er zu intensiv, um wahr zu sein. Schon in diesem Moment hatte sich die Reise gelohnt – und dabei fing unser Aufenthalt auf der Insel erst an!

Da wir jedoch vorrangig auf der Suche nach Einkaufsmöglichkeiten waren, die unsere Ernährung in den nächsten Tagen sichern würden, hielten wir uns für dieses Mal weiter an die belebteren Straßen. „Geothermie-Bad" lasen wir an einem gründlich eingezäunten und peinlich genau angelegtem An-wesen. In seiner Mitte waren mehrere, noch leere Badebecken zu sehen. Ob das das Schwefel-schlammbad war, von dem im Reiseführer die Rede war? Falls ja, fanden wir es recht enttäuschend. Wir hatten mehr an einen naturbelassenen Tümpel gedacht. Ein späterer Blick in unseren Reiseführer beruhigte uns jedoch. Das dort abgebildete Schlammbad sah anders aus, und wir würden es schon noch finden.

Als wir am nächsten Morgen erwachten, stand die Sonne schon recht hoch. Auf die Terrasse hinaustretend ging unser erster Blick hinauf zum Vulkan. An einigen Stellen kurz unterhalb des Gipfels sahen wir tatsächlich weißen Rauch austreten! Voller Begeisterung deckten wir den Tisch. Frühstück am Fuße des rauchenden Vulkans! Wieder und wieder schauten wir beim Essen hinauf und versuchten, diesen Anblick für immer in unserem Gedächtnis zu verankern, als fürchteten wir, er könnte sich im nächsten Moment in Nichts auflösen. Wie hätten wir auch wissen sollen, dass dieses Bild uns für die Dauer unseres Hierseins jeden Morgen in den Tag begleiten würde.

Nach dem Frühstück brachen wir zu unserer ersten Wanderung auf. Unser Ziel war Vulcanello, der jüngste Teil der Insel. Wir folgten zunächst dem gleichen Weg wie tags zuvor, vorbei an dem rötlichbraunen Felsen, wandten uns dann jedoch nach rechts dem Rand der Insel zu. Nach wenigen Metern endeten die Verkaufsstände und Boutiquen. Vor uns lag – durch einen Bretterzaun abgesperrt – eine Bucht; dahinter erhob sich der vergleichsweise niedrige Krater von Vulcanello. Rechts von uns erhob sich ein noch imposanterer Schwefelfelsen als der gestrige: gelb und stark zerklüftet, fast grottenähnlich. Den Bildern im Reiseführer zufolge musste es sich um Il Faraglione handeln. Hier irgendwo müsste demzufolge auch das Schlammbad sein. Und richtig: Durch die Zaunslatten spähend konnten wir ihn sehen: ein kleiner grauer Tümpel, aus dem die Köpfe einiger drinsitzender Leute ragten. Das sah schon wesentlich sympathischer aus als die „Wellness-Oase" von gestern. In Richtung Vulcanello weitergehend kamen wir am Eingang des Schlammbades vorbei. Hier hing auch die Benutzungsordnung, die uns jedoch den nächsten Dämpfer versetzte: Von einer Benutzung des Schwefelschlammbades durch Personen unter 15 Jahren wird dringend abgeraten! Wir schluckten. Wieso denn das? Eine Begründung war nicht aufgeführt, lediglich weiter oben ein Hinweis, dass der Schlamm nicht in die Augen gelangen darf. Das war natürlich nicht von der Hand zu weisen, auch wenn es uns schwerfiel, dies einzusehen. Da mussten wir den schon fest eingeplanten Schlammbadbesuch wohl noch einmal überdenken.

Um so entschlossener setzten wir unseren Weg fort. Bald machte unsere Straße einen Rechtsschwenk, und wir befanden uns auf dem Isthmus, der Vulcano und Vulcanello seit ungefähr fünfhundert Jahren verbindet. Ehedem war Vulcanello eine eigenständige Insel gewesen, doch angeschwemmter Sand hatte im Laufe der Zeit den nur wenige Meter breiten und den Meeresspiegel um kaum einen Meter überragenden Übergang geschaffen, auf dem wir jetzt liefen. Linkerhand schien Strand zu sein, rechts stand Schilf in einer kleinen Bucht.

Drüben empfing uns wohltuender Schatten. Die Straße führte durch einen hellgrünen Mischwald aus Kiefern und Eukalyptusbäumen, den die Sonne mit Licht durchflutete. An den schattigsten Stellen – soweit man von Schatten überhaupt sprechen konnte – kroch eine fleischblättrige Pflanze am Boden entlang. Wir hätten sie wohl kaum wahrgenommen, hätte sie nicht so auffallende, große Blüten gehabt, die es schier unmöglich machten, sie zu übersehen. Mit ihren tiefrosa Fiederblättern rings um ein gelbes Körbchen erinnerten sie an zu groß geratene Tausendschönchen. Solche Blüten in einem Wald waren für uns etwas Neues, Ungewöhnliches, kannten wir aus Wäldern doch eher nur kleine Blüten. Blumen dieser Größe gab es eigentlich nur im Vorgartenbeet oder Blumenladen. Seltsamerweise wirkten sie dennoch nicht fehl am Platz, vielleicht, weil die Eukalyptusbäume und die immer wieder wie eingestreut vorkommenden Feigenkakteen uns beständig daran erinnerten, dass wir ganz woanders waren.

Dort, wo die Sonne direkt hinschien, saßen am Wegrand und auf den Mauersimsen ehemaliger Ferienanwesen Eidechsen. Näherten wir uns, huschten sie sofort weg. Anfangs bemerkten wir sie häufig erst durch das Geräusch, das sie dabei machten. Bald jedoch lernten wir, sie aus etwas größerer Entfernung zu entdecken und rechtzeitig stehenzubleiben, so dass wir sie häufiger zu Gesicht bekamen und beobachten konnten.

So gelangten wir nach einiger Zeit an den Abzweig eines Trampelpfades. Der Straße überdrüssig folgten wir ihm. Er führte uns zunächst in einen Schilftunnel, und auch hier huschten die Eidechsen davon. Am anderen Ende des Tunnels angekommen, befanden wir uns schon direkt auf der Flanke des Kraters, die nahezu vollständig mit Ginster überzogen war. Wir standen auf dem einzigen größeren freien Platz, der weiter hinten in einen Pfad übergehen schien. Von den auf dem Boden liegenden Steinen schimmerte es uns schon wieder rotbraun und gelb von Schwefel entgegen. Wir bückten uns, um zu sehen, ob etwas Mitnehmenswertes dabei wäre. Das meiste waren jedoch nur oberflächliche Anflüge. Ansonsten bestand der ganze Krater aus einem grauweißen, kaolinähnlichen Lehm, zu dem die Schwefeldämpfe das einstige Vulkangestein gemacht hatten.

Wir überquerten den Platz und erklommen die Geländekante, an der der Pfad entsprang. Ihm folgend schlängelten wir uns durch den Ginster, der gerade in leuchtend gelber Blüte stand. Lehmkrümel rieselten in unsere Schuhe, doch wir achteten nicht darauf. Getrieben von purer Entdeckerlust und dem Wunsch, vielleicht auf den Kratergipfel zu gelangen, gingen wir immer weiter. Der Pfad wurde schmaler und schmaler, bald war er nur noch einen Fuß breit. Im gleichen Maße wurden die Ginsterbüsche immer höher. Erst waren sie hüfthoch, dann schulterhoch, und schließlich schlugen sie über uns zusammen.

Völlig unvermittelt war der Weg zu Ende. Rings um uns nur noch der grüngelbe Ginster. Unsere Gipfelbesteigung war zu Ende. Wir setzten uns auf ein paar nackte Lehmbuckel, die verrieten, dass wir nicht die ersten waren, deren Aufstieg hier ein jähes Ende fand. Natürlich hätten wir querfeldein weitergehen können, doch so verlockend wirkte der Kratergipfel nun auch wieder nicht. So machten wir eine kurze Rast, gönnten uns ein paar Schluck aus unseren Wasserflaschen und nutzten die Gelegenheit, neue Sonnencreme aufzutragen. Dann schlüpften wir wieder unter dem Ginster hindurch und kehrten zur Straße zurück.

Hier schüttelten wir nun doch erst einmal unsere Schuhe aus, dann setzten wir unseren Weg in der ursprünglichen Richtung fort. Die hiesigen Anwesen wirkten bewohnter, und auf dem Asphalt fehlte der Schatten, da der Wald zurückgetreten war. Es ging leicht bergab, bis sich die Straße wenig später teilte. Beide Abzweige wurden als Privatwege ausgeschildert. Was nun? Ein Blick in den Reiseführer sagte uns, dass das schon seine Richtigkeit hatte. Die linke Straße sollte zum Meer führen, außerdem meinte der Reiseführer, dass genau hier ein Weg nach rechts abgehen sollte, der zu bizarren Lavabildungen führte. Wo war der? Wir drehten uns mehrmals um uns selbst, aber ein Weg, auf den die Beschreibung passte, war nicht zu finden. Oder war tatsächlich die Fahrspur rechts von der Straße gemeint? Da wir Zeit hatten, beschlossen wir, ihr ein Stück zu folgen.

Wir waren noch gar nicht lange gegangen, da öffnete sich das Gelände und gab den Blick frei auf das Meer. Die Fahrspur endete in einem Sandfeld, und aus diesem ragten wüst verstreute Lavabrocken empor. Überrascht und fasziniert blieben wir stehen. Ob der Weg der richtige gewesen war, wussten wir immer noch nicht, aber es war auf jeden Fall die richtige Landschaft!

Der Sand lockte, und wir zogen unsere Schuhe aus. Noch im Ausziehen durchzuckte uns der Gedanke, ob er nicht zu heiß sein würde, aber dem war nicht so. Offenbar schien die Sonne noch nicht allzu lang hierher. Barfuß rannten wir in das Sandfeld hinein. Unsere Füße genossen es, das erstemal im Jahr von Schuhen befreit zu sein. Sand! Kein gewöhnlicher, nein, schwarzer Lavasand! Wie oft hatten wir schon davon gelesen, und es war ja auch nur logisch, dass aus schwarzer Lava schwarzer Sand entsteht – doch in dem gleichen Maße war es auch unvorstellbar: Sand war gelb; das war eine der Urweisheiten aus frühesten Kindertagen! Lange schon hatten wir uns gewünscht, selbst in dieser Unglaublichkeit zu stehen, und nun war es soweit! Wir spürten hinab in unsere Füße, als müsste Sand anderer Farbe sich auch anders anfühlen, aber das tat er natürlich nicht. Die Zehen tief in das Schwarz hineingespreizt blieben wir irgendwann stehen und schauten uns um. Rings um uns her lagen Lavabrocken verschiedenster Gestalt und Größe. Manche einzeln, andere bildeten einen ganzen Lavarücken. Die einen ragten fast vollständig aus dem Sand hervor, von anderen war gerade einmal der oberste Teil freigeweht. Allen gemeinsam war jedoch die sattbraune Farbe, mit der sie sich von dem schwarzen Sand abhoben, und das irgendwie zerrissene Aussehen. Die einzelnen Brocken wirkten wie Gesteinsfetzen; wie Fetzen teigiger Lava, deren äußerste Haut noch in der Luft oder beim Sturz ins Meer urplötzlich erstarrt war und so die nur für einen Moment angenommene Form für immer bewahrt hatte. An einigen konnte man auch die typische Riffelung sehen, die entsteht, wenn die auskühlende Außenhaut eines Lavastromes von der darunter fließenden, noch warmen Lava zusammengeschoben wird. Es war nicht schwer, denjenigen Felsen auszumachen, den wir schon auf den Postkarten in den Souvenirläden gesehen hatten: rechts von uns stand er – l'orso, der Bär. Es stimmte wirklich. Ein Bildhauer hätte die Haltung eines auf die Hinterbeine aufgerichteten Bären kaum besser wiedergeben können. Übermannshoch schien er das Gelände gleichsam zu überwachen.

Was für ein Anblick! Wir standen und standen und konnten uns einfach nicht sattsehen daran: das Braun der Felsen, der schwarze Sand, dazwischen der blühende Ginster und dahinter ein Meer in strahlendem Blau. Hier mussten wir einfach noch länger bleiben! Inzwischen brannte die Sonne jedoch recht intensiv auf uns herab, so dass wir uns nach einem Schattenplatz umsahen. Es gab nur einen einzigen, genau unter dem Bären. Wir liefen hin. Es dauerte eine ganze Weile, bis wir dabei auf die Idee kamen, auch einmal auf einen der freigewehten Lavasteine zu treten. Es war ein gänzlich unbekanntes Gefühl: Sand und Wind hatten die Steine glänzend glattgeschliffen, doch die Kanten der unzähligen geplatzten Blasen und Bläschen waren beinahe scharf zu spüren. Es fühlte sich in etwa an, als würden wir auf festen, nicht nachgebenden Noppen laufen. Unsere Fußsohlen leiteten das Blasengewirr getreulich an unsere Gehirne weiter, welche auch versuchten, daraus ein Bild unseres Untergrundes zu konstruieren. Es kostete uns bei jedem Schritt von neuem Mühe, uns daran zu erinnern, dass wir nicht auf lauter Bläschen standen, sondern auf einem einzigen Stein. Tatsächlich wurde diese innere Verwirrung aus dem, was die Augen sahen und dem, was die Füße wahrnahmen, so groß, dass wir beinahe wie seekrank wurden und es vorzogen, zwischendurch immer mal wieder ein paar Schritte im Sand zu gehen.

Beim Bären angekommen ließen wir uns im Sand nieder; der Platz reichte gerade so für uns. Der Schatten tat gut! Unterm Postkartenmotiv sitzend hielten wir Mittagsrast und genossen die Landschaft.

Nachdem wir lange genug ausgeruht hatten, brachen wir wieder auf. Wir hatten keine Lust, die Straße weiterzugehen, und so suchten wir nach einem diesseitigen Abstieg zum Meer. Einem Trampelpfad folgend kamen wir auch ein Stück hinab, dann jedoch war der Weg zu Ende. Vor uns lag ein weiteres, kleines Sandfeld, auf dem sich die fleischblättrige Blume, die wir schon im Wald gesehen hatten, wie ein Teppich ausbreitete. Es mussten mehrere Pflanzen sein, denn außer den tiefrosa Blüten, die wir schon kannten, gab es hier auch blassgelbe. Seltsam – die Kombination genau dieser beiden Blütenfarben bei ein und derselben Pflanzenart hatten wir woanders schon einmal erlebt! Wir blieben stehen und schauten. Diese Farben! Und dieses Licht! Fast schien alles zu leuchten: die rosa und gelben Blüten, der gelbgrüne Ginster und die weißen Heckenrosen, das blaue Meer! Es fiel uns schwer, uns von diesem Farbenrausch loszureißen, doch wenn wir unsere Wanderung fortsetzen wollten, blieb uns nichts anderes übrig.

Wir kehrten also um und gingen, am Bären vorbei, entgegen unserem Vorhaben wieder zurück zur Straße. Der Sand war mittlerweile doch heiß geworden, so dass wir zunächst unsere Socken und, an der Straße angekommen, auch unsere Schuhe wieder anzogen.

Wir entschieden uns für diejenige Straße, die zur anderen Inselseite hinüberführte. Der Wald nahm uns wieder auf und mit ihm angenehmer Schatten. Wenig später standen wir unvermittelt vor einer dieser nichtssagenden Hotelbauten, die überall zu finden waren. Dahinter erhob sich die Nachbarinsel, und neben dem Hotel waren sogar mehrere Stuhlreihen zum Genusse dieses Anblicks aufgestellt wie in einem Theater. Nun, für uns ging es hier jedenfalls nicht weiter. Wir verließen die Straße, und nachdem wir ein weiteres Hotel passiert hatten, erreichten wir endlich die Steilküste auf der Westseite der Insel.

Wir liefen vor bis an den Rand und warfen einen Blick hinab. Unten lagen zahllose herabgestürzte Felsbrocken, die uns schnell ein paar Schritte zurücktreten ließen. Aus sicherer Entfernung sahen wir eine kleine Weile zu, wie sich die Wellen des Meeres an den Felswänden brachen. Dann folgten wir – immer in gebührendem Abstand von der Felsenkante- der Küstenlinie zurück in Richtung Vulcano.

Querfeldein liefen wir über eine Hochebene aus unzähligen Lavarücken. Im Gegensatz zu der üppigen Vegetation der Ostseite, war der Bewuchs hier eher spärlich: hier und da hatten ein trockenes Grasbüschel oder ein wenig gelber Meerfenchel Halt gefunden; Sträucher oder gar Bäume gab es nicht. Alles wirkte wie von häufigen Winden kurzgehalten, auch wenn sich gerade kein Lüftchen regte.

Stattdessen brannte die Sonne ungemildert auf uns herab, und wir begannen auf einmal zu spüren, dass wir schon den ganzen Tag unterwegs waren. Vielleicht trug auch die karge, abwechslungsarme Landschaft dazu bei, jedenfalls sehnten wir uns auf einmal danach, an den Strand zu gelangen und baden zu gehen.

Also wandten wir uns von der Küste weg dem Inselinneren zu, um die Straße zu erreichen, die wir am Vormittag gekommen waren. Die Ferienanwesen hatten wir dabei ganz vergessen. Erst als wir vor einem Zaun standen, fielen sie uns wieder ein.

Schlagartig wurde uns klar, dass uns der Weg zur Straße abgeschnitten war. Anwesen reihte sich an Anwesen, eine Lücke würde sich kaum finden lassen. Konsterniert setzten wir uns in den unzureichenden Schatten eines Ginsterbusches und überdachten unsere Lage. Aber wie wir es auch drehten und wendeten, wir mussten wohl oder übel wieder in die Sonne hinaus. Ob wir zurückgingen bis zu einer der Hotelzufahrten oder weiterliefen, war dabei einerlei.

Entschlossen traten wir unter dem Ginster hervor. Mit dem gleichen Trotz, mit dem sich die Felsen den Wellen und die wenigen Pflänzchen dem Wind entgegenstellten, trotzten wir nun der Hochebene und setzten unseren Weg fort. Sehr weit konnte es eigentlich nicht mehr sein, denn die Berge von Vulcano lagen schon dicht vor uns.

Immer hoffend, daß die Ebene sich neigen und in einen Strand münden würde, überquerten wir einen Hügel nach dem anderen. Doch nichts dergleichen geschah. Hinter jedem Lavarücken, den wir für den letzten hielten, gab es einen nächsten. Und wieder einen nächsten. Und wieder einen... Genauso beständig erstreckte sich linkerhand der Zaun, der uns von der Straße trennte. Es war wie verhext. Vor uns lagen das Meer und der Strand von Vulcano schon zum Greifen nah, doch nirgends schien es einen Zugang zu geben! Links der Zaun, vorn und rechts der Abgrund. Sollten wir wirklich gefangen sein? Wir erklommen einen etwas höheren Lavarücken und hielten Ausschau. Hier endlich sahen wir den Strand von Vulcanello, markiert von ein paar Fischerbooten, die auf ihm lagen. Die Ebene fiel nun endlich flach ab, und wenn wir uns nicht täuschten, endete wenige Meter vor dem Meer sogar der Zaun! Keine fünf Minuten später kletterten wir über die letzten größeren Felsbrocken. Der Strand war hier noch steinig, doch nachdem wir die Fischerboote hinter uns gelassen hatten, ging er in Sand über. Schuhe aus! Die nächste auflaufende Welle kühlte unsere erhitzten Füße. Tat das gut! Trotzdem waren wir überrascht, dass das Wasser so kühl war. Bisher hatten wir mit Mittelmeer immer warmes Wasser verbunden.

Auf der Suche nach einer geeigneten Badestelle liefen wir noch halb um die Bucht herum. Vor uns erhob sich, mit kräftigem Grün überzogen und die Bucht begrenzend, der Höhenzug von einem der älteren Kraterränder Vulcanos, von denen heute nur noch Teile stehen. Davor ragte steil ein mehrere

Meter hoher Lavazacken aus dem Meer. Zu welchem Ausbruch hatte der wohl gehört? Schwarz und kahl stand er da. Bar jeglichen Lebens gehörte er scheinbar zu einer anderen Welt, einer stummen Welt nur aus Wasser und Stein. Schade, dass er zu weit draußen stand, um zu ihm hinschwimmen zu können, zumal das Meer auch recht bewegt war.

Stattdessen hockten wir uns im flachen Wasser nieder. Als Spielball der anbrandenden Wellen ließen wir den Tag ausklingen, den Felszacken auf der einen, den schwarzen Strand auf der anderen Seite.

Zwei Tage später brachen wir zur nächsten Inseltour auf. Diesmal sollte es ins Valle Roia, einem Tal am Fuße des Kraters, gehen.

Wir verließen unser Haus nicht wie sonst in Richtung Hafen, sondern genau entgegengesetzt, in der Hoffnung, auch auf diesem Wege die große Straße zu erreichen und uns so einen Teil des Weges ersparen zu können. Unsere Rechnung ging auf. Der Straße folgend kamen wir am Einstieg für die Kraterbesteigung vorbei. Wir ließen ihn jedoch links liegen; das hatten wir ein andermal vor. Wenig später, an einer bilderbuchreifen Schirmpinie, verließen jedoch auch wir die Straße und bogen auf einen Sandweg ab.

Hitze schlug uns vom Boden entgegen – dabei war es gerade einmal Vormittag. Der Weg führte am Fuße des Kraters entlang, wir liefen sozusagen in der Caldera des Vorgängervulkans. Weiter vorn erhoben sich, längst grün bewachsen, die Berge des damaligen Kraterrandes. Unmittelbar vor unseren Füßen gab es jedoch nur den Sand. Im Gegensatz zum letzten Mal verlockte er hier überhaupt nicht zum Barfußlaufen. Warum, wußten wir nicht genau. Vielleicht lag es an den vielen herumliegenden Steinen, vielleicht aber auch an der ganzen Umgebung, die – heiß und staubig – eher abweisend wirkte. Hier und da versuchten kleinblütige Blumen, den Sand mit einem gelben oder dunkellila Teppich zu überziehen, ansonsten gab es jedoch keine Abwechslung.

Oder doch? Da bewegte sich doch etwas! Wir schauten genauer hin und erkannten einen ziemlich großen schwarzen Käfer, der sich, kopfüber auf den Vorderbeinen stehend, mit den Hinterbeinen an einem Klumpen Ziegenkot zu schaffen machte. Ein Pillendreher! Vor Jahren hatten wir dieses Tier mit seinem eigenartigen Verhalten mal im Fernsehen gesehen, aber kaum gedacht, dass wir ihm eines Tages in natura begegnen könnten. Wir blieben stehen und beobachteten ihn. Wir wussten, dass er versuchen würde, den Kotklumpen irgendwo zu vergraben; es war jedoch faszinierend zu sehen, wie er dabei vorging. Zunächst schubste er den Klumpen mal in die eine oder andere Richtung, kletterte dann halb auf den Klumpen hinauf, als wollte er etwas nachschauen, ließ sich dann wieder herab und gab dem Klumpen erneut ein paar Schubse. Dies wiederholte sich scheinbar völlig ziellos, doch nach ein paar Minuten stellten wir überrascht fest, dass aus dem Klumpen eine vollkommen runde Kugel geworden war. Der Käfer hörte nun auch auf, die Kugel hin- und herzuschubsen, sondern begann, sie rückwärtslaufend fortzurollen. Die Geschwindigkeit, die er dabei erreichte, war beachtlich. Gleichzeitig wirkte es irgendwie drollig, wie er die Kugel, die genauso groß, aber mindestens doppelt so schwer war wie er selbst, zu steuern versuchte. Der Käfer strahlte dabei jedoch soviel Ernsthaftigkeit aus, dass wir es nicht wagten zu lachen. Von Zeit zu Zeit, oder wenn sie ihm wegen einer Unebenheit davongerollt war, hielt er inne, kletterte wieder halb auf die Kugel und orientierte sich neu. Hatte er einen geeigneten Weg gefunden, ging es weiter. Dann steuerte er jedoch auf einmal schnurstracks auf einen im Weg liegenden Stein zu, über den er seine Kugel niemals hinweg bekommen würde. Fast waren wir versucht, ‚Halt!' zu rufen, und unsere Hände griffen schon nach dem Stein, um ihn aus dem Weg zu räumen, da stoppte der Käfer die Kugel und kam hinter ihr hervor. Er lief genau zu jenem Stein und fing an, den Sand zwischen Stein und Kugel fortzuschaufeln. Es dauerte gar nicht lange, da hatte er so viel Sand beiseitegeschafft, dass die Kugel von selbst an den Stein heranrollte. Fast überrollte sie dabei den Käfer, doch irgendwie gelang es ihm, seitlich auszuweichen. Dann zwängte er sich unter die Kugel und begann, den Sand unter ihr wegzugraben. Ab und zu erstieg er die Kugel, um zu sehen, ob sie schon tief genug unten lag. Und tatsächlich, Millimeter um Millimeter gelangte die Kugel immer tiefer in den Sand.

Bis sie vollständig eingegraben war, würde es jedoch noch eine ganze Weile dauern. Wir markierten uns daher die Stelle und beschlossen, bei der Rückkehr noch einmal zu schauen, wie weit der Käfer mit seinem Werk war, und setzten unseren Weg fort.

Die Sonne schien nun noch heißer, und von allen Seiten umgab uns staubige Hitze. Nirgendwo ein Fleckchen Schatten, kein noch so leiser Windhauch war zu spüren. Doch unser Weg sollte uns ja in ein kühles Tal führen – also vorwärts. Schritt für Schritt stapften wir durch den Sand, den Blick hinauf zum Kratergipfel gewandt, denn der Anblick der Kraterspitze schien uns das einzige zu sein, was sich veränderte. Da vernahmen unsere Ohren ein ihnen wohlbekanntes Geräusch. Es bimmelte. Das mussten Ziegen sein! Wir spähten in den Ginster hinein, der sich hier ziemlich weit den Krater hinaufzog. Und richtig, da, im unteren Teil des Hanges, waren sie. Nicht viel mehr als kleine Punkte, die in dem Grüngelb des Ginsters umhersprangen, doch wie wir so standen, kamen sie allmählich den Hang herab. Bald hatten wir sie deutlich vor uns: weiße, schwarze, braune, graue, Ausgewachsene und Jungtiere. Ihre kantigen und doch vollkommenen Bewegungen, die schon die Kleinsten beherrschten, faszinierten und belustigten uns erneut. So schauten wir ihnen eine Weile zu; erst als sie wieder den Hang hinaufzogen und unseren Blicken entschwanden, wandten auch wir uns zum Weitergehen.

Im Umwenden gewahrten wir plötzlich, dass rechterhand der alte Kraterrand, oder besser das, was wir dafür hielten, inzwischen bis an den Weg herangetreten war. Unmittelbar neben uns erhob sich senkrecht eine mehrere Meter hohe Wand aus vulkanischem Schutt. Wie hatte das nur so unbemerkt geschehen können? Erst später erkannten wir, dass dies nicht der alte Kraterrand, sondern eine Abbruchkante der Vorgängercaldera war. Der Weg führte nun unterhalb dieser Wand entlang und entfernte sich zunehmend vom Krater, bis er sich nach einer Weile gabelte. Unser bisheriger Pfad zeigte sich von dichtem, undurchdringlichem Gestrüpp zugewachsen. Also nahmen wir den anderen Abzweig, der auf einem kleinen Geländerücken entlangführte. Was vorhin der Ginster gewesen war, waren hier die Heckenrosen. Zistrosen, um genau zu sein. Sie bedeckten die Anhöhe soweit wir sehen konnten, und verwandelten sie mit ihren Blüten in ein Meer aus Rosa. Unser Weg führte durch dieses Meer hindurch, bis wir am Ende des Geländerückens angekommen waren. Vor uns lag – immer noch rosa blühend, soweit das Auge reichte – ein steiler Abhang, auf der anderen Seite erhoben sich jäh die grün bewaldeten Berge des alten Kraterrandes.

Irgendwo dazwischen musste unser ehemaliger Weg sein.

Wie nun weiter? Wir schauten uns um. Da entdeckten wir in einiger Entfernung zwei einzeln stehende Bäume. Fremd und verloren wirkten sie inmitten der endlosen Sträucher. Im Reiseführer hatte jedoch etwas von zwei Steineichen gestanden – das mussten sie wohl sein. Wir wandten uns also nach links, zumal sich auch unser Weg in dieser Richtung fortzusetzen schien. Das war jedoch ein Trugschluß, denn es dauerte nicht lange, da verlor er sich zwischen den Heckenrosen. Wir gingen trotzdem weiter. Die Sträucher standen hier nicht sehr dicht; irgendein Durchschlupf fand sich immer. Allerdings waren sie übermannshoch, und wir mussten aufpassen, die Orientierung nicht zu verlieren. Glücklicherweise überragten die beiden Bäume die Rosensträucher und gaben uns somit immer wieder neu die Richtung an; sonst wären wir wohl kaum hingelangt. So jedoch hatten wir sie nach einiger Zeit erreicht. Zwei alte Bäume empfingen uns. Wir setzten uns auf einen dicken Ast, der sich in Bodennähe erstreckte; doch sogleich sprangen wir wieder auf. Auf dem Ast krabbelten Ameisen entlang! Und je genauer wir hinsahen, desto mehr wurden es. Der ganze Ast war eine einzige Ameisenstraße.

Zum Glück fanden wir auf dem Boden ein freies Plätzchen, wo wir uns hinsetzen konnten. Endlich Schatten! Wir holten unseren Proviant heraus und hielten Mittagsrast. Dabei betrachteten wir die beiden Bäume näher. Sie gleichen einander fast wie Zwillinge. Beider Stamm war geteilt, und bei jeder von ihnen war ein Teil des Stammes knapp über dem Erdboden entlanggewachsen. Ein Zufall? Oder hatten alle Bäume so ausgesehen, damals, als die Insel noch bewaldet gewesen war? Ihre Blätter waren lang und schmal. Gar nicht wie Eichen, eher wie Ölbäume. Plötzlich zweifelten wir. Vielleicht waren es ja wirklich Ölbäume, die hier schließlich weitaus häufiger waren als Steineichen? Wie konnten wir das herausfinden? Mehr zufällig – oder hatte unser Unterbewusstsein schon den richtigen Impuls gesendet? – richteten wir unseren Blick auf die Erde. Da lagen – Eicheln! Sie waren schmaler als die, die wir von zu Hause kannten, aber unverkennbar. Der ganze Boden unter den Bäumen war mit ihnen bedeckt, so dass wir uns fragten, wieso wir sie nicht schon beim Hinsetzen gesehen hatten. Allzu lange verfolgten wir diesen Gedanken aber nicht und freuten uns stattdessen, diese beiden Überbleibsel aus einer vergangenen Inselepoche gefunden zu haben.

Irgendwann umschwirrten uns dann diese großen schwarzen Insekten. Es waren nur zwei oder drei, doch sie flogen mit einer Geschwindigkeit auf uns zu, die uns erschreckte. Zwar wichen sie uns letztlich doch immer aus, aber geheuer waren sie uns nicht. Saßen wir vielleicht in der Einflugschneise zu ihrem Bau? Oder hatten sie es auf das Obst in unseren Händen abgesehen? Was waren das überhaupt für Tiere? Konnten sie stechen, waren sie giftig? Wir zogen es vor, unsere Rast schnell zu beenden und weiterzugehen.

Dazu mussten wir erst einmal zum Weg zurück. Unter den Bäumen hervortretend bemerkten wir die herrliche Aussicht, die man von hier hatte. Vor uns stand der Krater, der hier ganz anders aussah, als wir ihn sonst immer gesehen hatten: völlig kahl, ohne jegliche Schluchten, in denen sich ein paar Pflanzen hätten halten können, ragte er in den Himmel, seine Spitze markiert durch eine weiße Mütze aus Fumarolenniederschlägen. Fumarolen selbst oder Rauch waren nicht zu entdecken; eher schien die weiße Mütze von den von der anderen Seite herübergewehten Dämpfen zu stammen. Neben dem Krater erblickten wir zu unserer Überraschung das Meer und – im Dunst ganz schwach nur zu erkennen – die zwei östlichen Nachbarinseln. Waren wir tatsächlich schon so weit um den Vulkan herumgelaufen?

Aber wir wollten ja wieder auf den Weg. Das war leichter gesagt als getan. War es vorhin schon nicht einfach gewesen, in dem Heckenrosenmeer die Richtung zu halten, so fehlte uns nun jeglicher Anhalt. Uns blieb nichts anderes übrig, als auf die fernen, eigentlich jenseits der großen Straße gelegenen Berge zuzusteuern. Auf diese Weise fanden wir auch tatsächlich zu der Stelle zurück, an der unser Weg geendet hatte, und standen wieder vor dem Abhang. Und nun? Der Reiseführer hatte zwar an genau dieser Stelle einen Weg den Hang hinunter versprochen, doch wir konnten beim besten Willen keinen finden. Die Heckenrosen standen hier so dicht, dass ein Durchkommen unmöglich schien. Zudem verdeckten sie die Sicht auf den Boden, so dass wir gar nicht sehen würden, wohin wir traten. Und das an einem so steilen Hang – nein, das war uns zu unsicher. Vielleicht gab es ja noch einen anderen Weg.

Wir kehrten also um und liefen den ganzen Weg auf dem Geländerücken zurück, natürlich nicht, ohne dabei nach einem Weg ins Tal Ausschau zu halten. Doch auch hier ließ sich keiner finden, der uns gangbar erschien. Wieder unten an der Weggabelung angekommen, musterten wir noch einmal das Sträuchergewirr auf dem Talweg – aber nein, hier gab es erst recht kein Durchkommen. Gleichzeitig machte sich auch wieder die von allen Seiten anprallende Hitze bemerkbar und dämpfte unseren Unternehmungsgeist spürbar. Enttäuschung machte sich in uns breit. Sollten wir die feuchten Schluchten des Valle Roia wirklich nicht erreichen? Noch wehrten wir uns dagegen, doch am Ende war die Vernunft stärker: Es hatte einfach keinen Sinn, auf gut Glück in den Heckenrosen umherzuirren.

Dennoch zögerten wir, den Ort zu verlassen. Nur langsam liefen wir an der senkrecht neben uns aufragenden Talwand entlang. Nun, da sie der einzige Eindruck vom Valle Roia sein sollte, den wir haben würden, betrachteten wir sie mit ganz anderen Augen. Sie bestand aus schwarzbraunem Tuff, sandfeinem vulkanischem Schutt. Wir konnten viele einzelne Schichten erkennen, die wohl zu verschiedenen Vulkanausbrüchen gehörten. Manche dieser Schichten waren einen halben Meter oder mehr mächtig, andere dagegen nur wenige Millimeter dick. Manche waren nur aus feinem Staub aufgebaut, andere trugen hier und da auch größere Steine in sich. Wahrscheinlich hatten die enthaltenen Schwefelminerale und darauffallender Regen den Vulkanstaub mit sich selbst verbacken, anders konnten wir uns jedenfalls den felsigen, sandsteinähnlichen Charakter und die Entstehung einer solch steilen, canyonähnlichen Talwand nicht erklären. Die Tuffwand überragte uns um ein Vielfaches, ja, ihre Oberkante konnten wir gar nicht sehen, da sie immer wieder durch Überhänge verdeckt wurde. Im Hochschauen entdeckten wir jedoch etwas anderes: Unter einem dieser Überhänge wuchs auf einem kleinen Buckel – Schilf. Schilf? Ja, Schilf. Wir schauten zweimal hin, aber es blieb dabei. Inmitten der von Hitze und Trockenheit geprägten, südländischen Umgebung lag ein Refugium aus Kühle und Feuchte, bestanden mit Schilf. Wären wir nicht durch den Reiseführer vorbereitet gewesen, hätten wir wahrscheinlich unseren Augen nicht getraut – es war zu unglaublich. So aber konnten wir es einordnen und freuten uns, doch noch einen

Hauch von dem zu erleben, was uns im Valle Roia erwartet hätte.

Ein wenig versöhnt traten wir nun energisch den Rückweg an. Die Ziegen schienen sich weit in den Ginster zurückgezogen zu haben, wir konnten sie nicht einmal bimmeln hören. Dank unserer Markierung fanden wir die Stelle wieder, wo wir auf dem Hinweg den Pillendreher gesehen hatten. Sofort erkannten wir auch den Stein, an dem der Käfer zu graben begonnen hatte. Gleichmäßig eben lag der Sand um ihn herum. Nichts verriet, dass hier eine Kotkugel vergraben lag. Hatte der Käfer es also tatsächlich geschafft! Denn dass die Kugel dort vergraben lag, daran zweifelten wir nicht. Wenn er es wirklich nicht geschafft und sich eine andere Stelle gesucht hätte, hätte das angefangene Loch schließlich noch zu sehen sein müssen. Einen Moment lang suchten wir den Boden ab, ob wir den Käfer oder noch einmal einen seiner Artgenossen entdecken würden, doch diesmal regte sich nichts. Sie waren verschwunden.

Wenig später erreichten wir die Schirmpinie wieder, wo wir die Caldera verließen und hinaus auf die Straße traten, die uns zu unserem Quartier brachte.

Den nächsten Tag ließen wir etwas geruhsamer angehen. Nach einem ausgiebigen Frühstück unterm Vulkan gingen wir irgendwann los in Richtung Hafen. Am Kai entlang kamen wir direkt auf Il Faraglione, den grottenähnlichen Schwefelfelsen, zu. Ihn wollten wir uns einmal genauer ansehen und hoffentlich auch besteigen. Ganz sicher waren wir uns jedoch nicht, dass uns dies gelingen würde, denn er lag in dem abgezäunten, zum Schlammbad gehörenden Gelände, und da war ja immer noch diese Benutzungsordnung, die Unterfünfzehnjährigen das Schlammbaden verbot.

Um genau dem auszuweichen, hatten wir den Weg vom Hafen her gewählt, wo wir quasi von hinten an den Felsen herankamen. Im Näherkommen entdeckten wir auch Treppen, die einen Weg hinauf zu bilden schienen. Am Felsen angekommen sahen wir jedoch das Tor, das den Zugang versperrte. Hier ging es offensichtlich nur damals hinauf, als der Felsen noch nicht eingezäunt war. Aus dem aufgestellten Schild lasen wir heraus, dass wir an einem Kiosk nachfragen sollten. Der nächstgelegene Kiosk war ein Imbisswagen neben uns, doch der dortige Verkäufer schüttelte den Kopf. Dann war wohl doch der Schlammbadeingang gemeint. Wir liefen also vor, studierten die Benutzungsordnung noch einmal und bedeuteten danach dem Einlass, dass wir auf den Felsen hinaufwollten. Er antwortete mit einem Eintrittspreis. Da wir schon aus dem Reiseführer wussten, dass für die Besteigung des Faraglione seit der Errichtung des Schlammbades bezahlt werden musste, überraschte uns dies nicht weiter. Außerdem war es uns egal. Für die vielleicht einmalige Möglichkeit, in einem Fumarolenschlot herumzuklettern, hätten wir auch noch mehr bezahlt, als der Einlass jetzt verlangte. Wir entrichteten also unseren Obulus und schon waren wir drin, viel einfacher als wir erwartet hatten.

Wir gingen um den Schlammtümpel herum. Ein Absperrseil versagte uns für einen Moment den Weg, doch auf ein Zeichen des Einlasses hin stiegen wir darüber hinweg. Nun trennte uns nichts mehr von dem Schwefelfelsen, der uns gelb entgegenleuchtete. Einen Einstieg zu finden war nicht schwer. Unzählige Füße hatten den Felsen in Pfadesbreite glattgetreten, und dieser Spur folgten wir nun. Nach wenigen Schritten schon waren wir mitten im Schlot. Der Schwefel war hier nicht nur gelb sondern auch rot, und die einfallende Sonne ließ die dicht neben uns aufragenden Wände nahezu aufflammen. Ungefähr auf halber Höhe hatten wir von einem kleinen Vorsprung aus freien Blick auf den Hafen und den dahinterliegenden Krater, der auf dieser Seite eher wie ein Mittelgebirgsberg wirkte: Die vom Wind zur anderen Seite hinübergewehten Schwefeldämpfe und die vom Meer her mitgebrachte Feuchtigkeit hatten einen Buschwald entstehen lassen, und das wieder zu Tal fließende Regenwasser hatte eine tiefe Schlucht in den dunkelgrünen Hang gegraben. Zu unseren Füßen entdeckten wir Aushöhlungen im Schwefelfelsen, die noch aus den Zeiten stammten, als der Schwefel hier abgebaut wurde. Für einen Moment durchzuckte uns der Gedanke, dass der Felsen gar nicht mehr existieren würde, wenn der Abbau nicht nach einem der letzten Ausbrüche des Vulkans eingestellt worden wäre.

Weiter hinauf zwängten wir uns in jeden Spalt hinein, bis es nicht mehr höher ging. Erst im Absteigen entdeckten wir den Durchtritt, der auf die andere Seite hinüberführte. Drüben fiel der Felsen steil in die Tiefe. Unten lag satt hellblau und ruhig das Meer. Lediglich ein paar kleine Wellen, die eher auf einen See als auf ein Meer gehört hätten, spielten an seiner Oberfläche. Die im Reiseführer erwähnten unterseeischen Fumarolen suchend ließen wir unseren Blick Stück für Stück über das Wasser schweifen. Und als unsere Augen sich an das Wellenspiel gewöhnt hatten, entdeckten wir sie tatsächlich: kreisrunde, weiße Flecken aufsteigender Blasen. Von den Wellen verschwemmt, bildeten sie sich in kurzer Zeit von neuem, nur um von den nächsten Wellen abermals zerstört zu werden. Gern hätten wir einmal gesehen, wie sich die Blasenringe in der Tiefe fortsetzten, doch das ließ das dichte Blau des Wassers nicht zu. Alles, was es preisgab, waren die weißen Flecken an der Oberfläche, und sie mussten uns als Zeugnis der Unterwasserfumarolen genügen.

Eine Weile standen wir und schauten dem Wechsel von Wellen und Blasen zu, dann stiegen wir weiter ab. Den Schlotfelsen verlassend gelangten wir auf das Stückchen Ufer, das Meer und Schlammbad voneinander trennte. Wir wussten inzwischen, dass der Schlamm wegen seines Schwefelgehaltes nicht in die Augen kommen durfte, und hatten eingesehen, dass es deshalb für uns wirklich nicht angeraten war, ein Bad zu nehmen. Trotzdem reizte er uns. Wenn wir nur bis zum Knöchel hineingingen, so überlegten wir, konnte eigentlich nichts passieren, und sicher würde uns das auch niemand verübeln.

Gesagt, getan. Wir zogen Schuhe und Strümpfe aus und liefen in den weißgrauen Tümpel hinein. Nach wenigen Schritten spürten wir den weichen Schlamm zwischen unseren Zehen hindurchquellen. Sehen konnten wir ihn nicht, denn das Wasser war von feinsten Schlammteilchen gänzlich undurchsichtig. Der Tümpel wurde rasch tiefer, so dass wir nicht mehr weitergehen konnten. Unschlüssig blieben wir stehen und warteten darauf, dass wir den Schwefel aus dem Schlamm herausspüren würden. Natürlich gelang uns dies nicht, und wir mussten über uns selbst lachen. Vorsichtig, um nicht auszurutschen, tapsten wir wieder zurück. Als wir unsere Füße aus dem Wasser hoben, sahen wir verblüfft, dass sie so sauber waren, als wären wir in einem klaren See gewesen. Wir hatten erwartet, dass die Trübe des Wassers sich auf ihnen niederschlagen würde, wahrscheinlich aber waren die im Wasser schwebenden Schlammteilchen so fein, dass sie durch unsere Bewegung mit dem Wasser wegströmten. Wieviel Milliarden Teilchen mussten das dann sein, um das Wasser so milchig trüb zu machen!

Nun wandten wir uns der anderen, zum Meer hin gelegenen Seite des Ufers zu. Über eine Treppe gelangten wir hinunter zum Strand. Von hier aus konnten wir erneut die Blasenringe der Unterwasser-fumarolen sehen. Es waren vielleicht fünf oder sechs Stellen. An einigen zerplatzten die Blasen nur ein-fach an der Oberfläche, ohne Spuren zu hinterlassen. Dort, wo der Gasstrom jedoch stärker war, brachten sie das Wasser in ihrem nächsten Umkreis in Wallung, so wie wir es vom Kochtopf her kannten. Wir zogen Schuhe und Strümpfe erneut aus und hielten unsere Füße ins Wasser. Es war nicht wärmer als anderswo. Wie das? Wie wir gelesen hatten, hatten die Fumarolen eine Temperatur von achtzig bis einhundert Grad Celsius. Reichten sie dennoch nicht aus, um das Wasser spürbar zu erwärmen? Hätten wir über Badeschuhe verfügt, hätten wir dieser Frage weiter nachgehen und einmal zu einer Fumarole hinlaufen können. So verzichteten wir jedoch lieber darauf, um nicht Gefahr zu laufen, uns die Füße zu verbrennen. Wir schauten noch einen Moment dem Spiel der aufsteigenden Blasen zu und wandten uns dann zum Gehen.

Als wir am nächsten Morgen zum Vulkan hinauf-schauten, stellten wir überrascht fest, dass der Him-mel mit Wolken bedeckt war. Ideal für die Vulkan-besteigung! Den Vormittagsansturm der Tagestouristen ließen wir vorübergehen, am Nachmittag brachen wir auf.

Der Himmel war immer noch bedeckt. Dadurch war es nicht so heiß, was uns sehr recht war. Auf dem Weg zum Kratergipfel würde es keinen Schatten geben, und wir hatten noch die Hitze von unserer Wanderung zum Valle Roia in Erinnerung.

Scheinbar viel schneller als beim letzten Mal erreichten wir den Einstieg zum Krater. Wir schauten kurz auf die aufgestellte Warntafel, dann schritten wir den Weg zum Gipfel hinan. In der ersten Kehre des Weges trafen wir auf einen Unterstand, wo ein älterer Mann eine kleine Eintrittsgebühr zur Wegerhaltung kassierte. Er belehrte uns auch noch einmal, was wir auf dem Vulkan durften und was nicht, begutachtete unser Schuhwerk und wünschte uns dann einen guten Aufstieg.

Noch zwei weitere Wegkehren, und wir hatten die Ginsterzone verlassen. Uns umgab nichts als der graue Sand, in den der Weg hineingeschoben worden war, und der in mächtigen Schuttkegeln die Kraterflanke herabfiel. Wenn wir genau hinschauten, konnten wir ihm dabei sogar zusehen. Nicht, dass die gesamten Massen in Bewegung gewesen wären, aber es gab immer wieder Stellen, an denen hier und da ein paar Körnchen der obersten Schicht, vom Wind getrieben, eine kleine Strecke weiterrieselten. Kaum vorstellbar, dass diese winzige, unscheinbare aber stete Bewegung ausreiche, diese riesigen Schuttkegel aufzubauen! In scheinbar regelmäßigen Abständen hatte herabfließendes Regenwasser tiefe Risse in den Schutt gegraben. Den scharfen Rändern dieser Risse nach zu urteilen, mussten es regelrechte Sturzbäche gewesen sein, wahrscheinlich nach Gewittergüssen. An einer Stelle hatte sich das herabstürzende Wasser nicht einmal die Zeit genommen, die oberste Schuttkruste aufzubrechen; stattdessen war es ein Stück durch die tieferliegenden, lockereren Schichten geflossen und erst später, eine kleine Brücke hinterlassend, wieder an die Oberfläche gekommen. Unglaublich, hatten wir doch gerade erst gesehen, wie wenig es brauchte, um die Sandkörnchen in Bewegung zu versetzen!

Gerade als wir uns in diese Landschaft eingesehen hatten, war sie bereits wieder zu Ende. Der Schutt hörte jäh auf, der Weg ging über in orangerosa Lehmfelsen. Auch hier hatte das Wasser tiefe Rinnen eingegraben, Ecken und Kanten waren jedoch zu runden Buckeln abgeschliffen. Als wir uns einmal am Felsen festhielten, spürten wir seine für

Lehmfelsen so typische, samtige Oberfläche; fast ohne unser Zutun hatten wir sofort einen feinen Belag auf unseren Fingerspitzen. Dieses Samtene harmonierte angenehm mit dem Anblick der weichen Rundungen des Felsens. Gleichzeitig drängte sich uns der Verdacht auf, dass es bei Regen hier unheimlich glatt sein musste.

Wir waren nun schon ziemlich weit oben. Der Weg war einfach in den Felsen hineingefräst worden; zur Rechten stieg der Kraterhang steil an, zur Linken fiel er jäh hinab, den Blick auf unseren Ort und den Hafen freigebend. Wir versuchten, unser Haus zu finden, doch es war von Bäumen verdeckt.

So plötzlich wie er begonnen hatte, hörte der nackte Fels auch wieder auf. Der Weg verlor sich in weißgrauem Geröll. Nahezu senkrecht ging es jetzt neben uns in die Tiefe. Wenige Meter unter uns spien einige Fumarolen weißen Rauch aus, der sich auf dem Weg zu uns allerdings verflüchtigte. Das konnten nur diejenigen Fumarolen sein, die wir jeden Morgen von unserer Terrasse aus sahen.

Ein kleines Stück mussten wir noch kraxeln, dann standen wir oben auf dem Kraterrand. Geschafft! Wir standen auf dem Vulkan. Auf einem aktiven Vulkan. Das hatten wir schon immer gewollt! Für einen Moment vergaßen wir sogar, uns umzuschauen; das ungläubige Staunen darüber, dass dieser Traum tatsächlich wahr geworden war, füllte uns vollkommen aus.

Dann jedoch nahmen wir unsere Umgebung wieder wahr. Das erste, was wir sahen, war die Innenseite der gegenüberliegenden Kraterwand, die etwas höher lag als die, auf der wir jetzt standen. Grau und kahl ragte sie auf und verdeckte die Sicht auf den dahinterliegenden Teil der Insel, als wollte sie diesen vor den Blicken all derer, die ohnehin nur um des Kraters willen auf die Insel gekommen waren, verbergen. Nach rechts begann ein Pfad auf dem schmalen Grat entlangzuführen. Wir wandten uns jedoch nach links, denn dort bot sich uns das wesentlich interessantere Schauspiel. Mitten auf dem Weg quoll aus zahllosen Löchern dicker, weißer Rauch aus der Erde. Träge duckte er sich unter dem Wind am Boden entlang und löste sich nur widerstrebend auf. Eigentlich war das gar kein Rauch mehr, das war schon Qualm. Dichter, weißer Qualm, wie wir ihn bisher nur aus Kraftwerksschloten hatten aufsteigen sehen. Deutlich und unverkennbar hing der faulige Schwefelwasserstoffgeruch in der Luft. Hier gab es bestimmt auch auskristallisierten Schwefel zum Mitnehmen, den wir bisher vergeblich gesucht hatten. Tatsächlich schimmerte es unter den Qualmwolken gelb hervor. Dennoch zögerten wir. Gern wollten wir uns eines der Fumarolenlöcher einmal aus der Nähe ansehen, doch durften wir wirklich so dicht herangehen? Mit Schwefelwasserstoff und Kohlendioxid als Hauptbestandteilen war der Qualm schließlich hochgiftig. Wir riefen uns die Belehrungen des älteren Mannes am Einlass ins Gedächtnis: Für ein paar Minuten wäre es ungefährlich, man sollte sich nur nicht hinsetzen oder –legen. Worauf warteten wir also noch?

Neugierig traten wir auf das nächstgelegene Rauchloch zu. Der Schwefelwasserstoffgeruch wurde zum Gestank, doch was wir sahen, übertraf all unsere Erwartungen. Rings um das Loch war der Boden mit einer dicken Schwefelschicht überzogen, die aussah wie gelbes Moos. Mit zunehmende Nähe zu der eigentlichen Austrittsstelle wurde das Gelb immer dunkler und leuchtender. Die Ränder des Lochs waren über und über mit kleinen spitzen Schwefelnadeln bewachsen. Sie wuchsen in allen Richtungen in das Loch hinein und erinnerten uns an Igelstacheln. Das Loch entpuppte sich bei dem Versuch, seine Tiefen zu ergründen, als gar kein

Loch. Vielmehr war es der Oberflächendurchbruch einer Vielzahl unterirdischer Wegsamkeiten, die sich an dieser Stelle trafen. Die vereinigte Hitze und Zersetzungskraft hatte die Felsenkruste gleichsam von unten durchgebrannt. Wir streckten die Hände aus, um zu probieren, ob wir uns ein Schwefelstück abbrechen konnten, und zuckten zurück. Unmittelbar über dem Erdboden waren die Dämpfe kochend heiß!

Aber vielleicht hatten wir bei der nächsten Fumarole mehr Glück? Die Luft anhaltend traten wir durch die Rauchwolke hindurch und liefen zur nächsten Austrittsstelle. Hier war die Schwefelschicht dicker, das Gelb noch strahlender, die Nadelkristalle noch zahlreicher und größer. Fasziniert standen wir davor und konnten es fast nicht begreifen. Und dann kam es über uns wie ein Rausch: Mit einemmal wollten wir sie alle sehen, alle Fumarolenlöcher, die hier auf dem Weg waren. Die noch dichteren und größeren Rauchfahnen verhießen noch mehr Schwefel, noch mehr von diesem unvorstellbaren Gelb, noch mehr filigrane Kristallnadeln! Der Wind blies den Qualm quer über den Weg und zwar so, dass wir immer erst durch die Rauchfahne hindurchtreten mussten, um die Austrittsstelle betrachten zu können, doch das hinderte uns nicht. Es trieb uns von Fumarole zu Fumarole und jede war wirklich immer noch größer, noch gelber, noch beeindruckender als die vorangegangene. An einer war die Schwefelschicht so dick, dass das Gelb in Orange überzugehen begann, an einer anderen war inmitten des mit gelben Nadeln gesäumten Lochs eine Art Tropfstein aus weißem Sulfat emporgewachsen. Nahezu der gesamte Boden war mit Schwefel überzogen, und die gelbe Farbenpracht strahlte uns von unten mit einer Fröhlichkeit entgegen, dass wir unwillkürlich zurücklächelten. Irgendwann fanden wir auch eine Stelle, wo wir ein wenig Schwefel aufsammeln konnten, und zwischendurch warfen wir auch mal einen Blick hinab in den Krater. Mit seinem grauen Schlammboden wirkte er jedoch regelrecht trist und langweilig gegen das Farbenspiel der Fumarolen, wenn es nicht eben der Blick in den Vulkan gewesen wäre.

Wieder tauchten wir in eine der Rauchwolken ein. Sie war die größte und dichteste von allen bisherigen, und bei dem Versuch, ein wenig nachzuatmen, spürten wir, dass es nicht nur die Hitze und der Faule-Eier-Gestank waren, die uns den Atem verschlugen, sondern dass dieser Rauch wirklich nichts enthielt, was unsere Lungen hätten aufnehmen und verwerten können. Als wir auf der anderen Seite wieder aus den Rauchschwaden heraustraten, erkannten wir auch, warum sie so dicht gewesen waren: Vor uns lag eine mehrere Meter lange Spalte, aus der es überall qualmte. Der abgelagerte Schwefel hatte sie in dickes, leuchtendes Orangegelb getaucht und auf ihrer gesamten Länge wuchsen von oben und unten Kristallnadeln in alle Richtungen in die Spalte hinein. Hatten wir bisher schon bei jeder neuen Fumarole geglaubt, dass es keine schönere mehr geben könnte, so war dies hier nun wirklich nicht mehr zu überbieten!

Und tatsächlich waren wir am Ende des Fumarolenabschnittes angekommen. Noch zwei, drei kleinere Rauchlöcher, zu denen wir zwar hinliefen, aber dann doch wieder zu der Spalte zurückkehrten. Erneut versuchten wir, tiefer in die Spalte hineinzuschauen, dahin, wo der Rauch herkam. Es gelang uns nicht. Unser Blick verlor sich im Schwarz endlos scheinender Hohlräume. Auch führten diese Hohlräume offensichtlich nicht in die Tiefe, sondern verliefen flach unter der Oberfläche. Wie weit sie sich wohl erstreckten? Wir stampften mit dem Fuß auf. Ein dumpfer Klang und das kaum spürbare Zittern des Bodens bestätigten unsere Vermutung: auch hier war der Boden hohl. Die heißen Dämpfe, die an dieser Stelle fauchend wie bei einem Schiffsschornstein und mit solcher Macht ausströmten, dass wir ihre Wärme selbst in gebührender Entfernung an unseren Füßen spüren konnten, hatten auf ihrem Weg nach oben Teile des Felsens zersetzt, verbrannt; stetig und unaufhaltsam. Wir begannen die Kräfte im Innern des Vulkans zu erahnen. Hier fand er statt, der Kreislauf von Werden und Vergehen allen Gesteins, und wir standen mittendrin!

Irgendwann hoben wir dann unseren Blick und nahmen die Aussicht wahr, die wir von hier aus hatten. Unter uns lagen der Ort und der Hafen, dahinter Vulcanello. Etwas weiter waren die nächsten Inseln und auch die rechterhand liegenden Eilande zu sehen. Von den linkerhand gelegenen Inseln war die nähere im Wolkendunst noch gut zu erkennen und mit ganz viel Phantasie auch die weiter entfernte. Alle sieben Inseln lagen wie zu unseren Füßen – was wollten wir mehr? Wir standen eine ganze Weile und schauten, das fast schon vertraut gewordene Fauchen der Fumarolen im Ohr. Dann begannen wir den Rückweg – mehr konnte der Vulkan uns nicht mehr zeigen!

Wieder mussten wir durch die Rauchwolken hindurch. Erst jetzt bemerkten wir, dass wir doch schon eine ganze Menge Schwefelwasserstoff aufgenommen hatten. Der Sauerstoff schien knapper zu sein, häufiger hatten wir das Bedürfnis, mitten in einer Dampfwolke nachzuatmen. Nur um so deutlicher merkten wir dabei jedoch, dass es in diesen Wolken nichts zu atmen gab. In den Lücken zwischen den einzelnen Fumarolen atmeten wir darum mehrmals tief durch, bevor wir in die nächste Wolke eintraten, doch auch hier wollte uns der Sauerstoff nicht mehr recht genügen. Mit Erleichterung ließen wir endlich die letzte Rauchwolke hinter uns. Wir warfen noch einen letzten Blick zurück, als wollten wir uns versichern, dass wir wirklich hiergewesen waren, dann begannen wir den Abstieg. Mit jedem Schritt spürten wir, wie der Sauerstoff in der Luft zunahm; unsere Lungen schienen sich regelrecht zu dehnen. Wenige Meter weiter unten war von dem Sauerstoffmangel nichts mehr zu spüren, doch wir wussten nun, wie schnell einem etwas selbstverständlich Geglaubtes fehlen konnte. In unserem Quartier angekommen schauten wir von der Terrasse aus noch einmal hinauf zum Krater. Da oben waren wir gewesen!

Am nächsten Morgen machten wir uns auf die Suche nach einer anderen Sehenswürdigkeit der Insel – der Grotta del Cavallo. Eine solche halb unter, halb über dem Meeresspiegel liegende Höhle hatten wir noch nie gesehen, aber schon oft davon gehört. Eine Wegbeschreibung hatten wir diesmal nicht, lediglich die Eintragung in der Landkarte, und auf einer Stelltafel glaubten wir, einmal einen Weg eingezeichnet gesehen zu haben.

Zunächst folgten wir wieder der großen Straße ins Inselinnere; vorbei am Kratereinstieg und der malerischen Schirmpinie, an der wir die Straße auf unserer Wanderung zum Valle Roia und den Steineichen verlassen hatten. Diesmal gingen wir noch ein Stück weiter und bogen dann auf eine andere Straße ab, die sich sanft ansteigend den alten Kraterrand hinaufzog. Links und rechts huschten auf den Steinen der Begrenzungsmauern wieder die Eidechsen davon. Von halber Höhe sahen wir zu, wie die uns schon bekannte Ziegenherde aus ihrem Stall über die Straße zog und sich am Kraterhang in den Ginsterbüschen verlor.

Oben führte die Straße weiter in eine private Feriensiedlung, doch dort wollten wir nicht hin. Wir blieben stehen. Wir waren auf dem Grat des alten Kraterrandes angelangt. Unter uns lag blau leuchtend das Meer, in das der ehemalige Krater steil abfiel. Nicht weit von uns erstreckte sich ein mächtiger Lavarücken ins Wasser, der einst als flüssiger Glutstrom über den Kraterrand gequollen sein musste. Braun schimmerte das Gestein zwischen den grünen Sträuchern hervor, und so wirkte er immer noch starr und schroff. Ein späterer Blick in die Karte belehrte uns, dass dies Testa Grossa, der Große Finger, war, und irgendwie erinnerte er wirklich an eine Kralle.

Aber wo war der Weg? Hier oben jedenfalls nicht. War es etwa jener halb zugewachsene Trampelpfad etwas weiter unten gewesen? So musste es sein, die Richtung stimmte, und einen anderen gab es nicht. Aso liefen wir zurück und bogen in besagten Trampelpfad ein. Schon nach wenigen Schritten schlugen die Ginsterbüsche über uns zusammen, und was eben noch als Weg begonnen hatte, verlor sich im Gewirr verschiedenster Sträucher. Aber wir wussten schließlich, in welche Richtung wir gehen wollten, und so liefen wir weiter. Sehr weit, so glaubten wir zumindest, konnte es ja nicht sein.

Anfangs fiel es uns schwer, uns zwischen den vielen durcheinanderwachsenden Pflanzen zurechtzufinden, doch wir lernten dazu. Unbedingt vermeiden musste man eine Berührung mit den Disteln, die hier allerdings zahlreich und in beträchtlicher Höhe wuchsen. Des weiteren waren da die Heckenrosen, die meist in solch verfilzten Büschen auftraten, dass man einfach nur um sie herumlaufen konnte. Harmlos dagegen war der Ginster. Durch ihn konnte man sich hindurchzwängen oder notfalls auch einmal an ihm festhalten, denn nicht selten gerieten wir ins Straucheln, da wir kaum sahen, wohin wir traten. Meistens griffen wir in solchen Momenten jedoch zielsicher in eine Distel. Von den Gräsern war am unangenehmsten der Hafer, dessen Körner sich mit ihren Grannen in unseren Strümpfen verfingen und uns in die Füße piekten. Kam daher die Redewendung ‚wenn einen der Hafer sticht'?

Meter für Meter kämpften wir uns vorwärts und gelangten so zu einer Sandmulde. In dieser liefen wir vor bis ans Steilufer und schauten hinunter. Wir waren dem krallenförmigen Lavarücken ein gutes Stück nähergekommen und konnten sehen, wie sich die Wellen an seinen Felsen brachen. Eine Grotte war jedoch nicht zu entdecken. Wahrscheinlich lag sie auf der anderen Seite des Lavarückens, und wir mussten noch über diesen hinweg.

Wir verließen also die Sandmulde und begannen, am jenseitigen Hang emporzuklettern. Es ging nahezu senkrecht in die Höhe und meist hatten wir für unsere Zehen nicht mehr Halt als eine Steinkuppe oder einen Grasballen. Uns mit den Händen an dünnen Halmbündeln festhaltend gelangten wir jedoch irgendwie hinauf. Oben angekommen arbeiteten wir uns wieder durch das nun schon vertraute Heckenrosen-Ginster-Meer, bis wir die andere Seite des Lavarückens erreicht hatten. Wir versuchten, einen Blick nach unten zu werfen, doch obwohl der Abhang recht steil war, verhinderte sein üppiger Bewuchs, dass wir die Uferlinie sahen. Nach einer Aussichtsmöglichkeit suchend liefen wir auf dem Lavarücken weiter vor, doch es bot sich keine.

Was nun? Wir waren uns ziemlich sicher, dass die Grotte hier sein musste, doch sollten wir es wirklich wagen, den Hang hinabzusteigen? Er war steil und über und über mit Disteln bewachsen. Was, wenn wir uns doch getäuscht hatten, und die Grotte erst hinter dem nächsten Lavarücken lag? Vielleicht konnte man auch überhaupt nicht auf dem Landweg zu ihr hin? Und zurück müssten wir ja dann auch wieder durch all die Stacheln und Dornen…

Nein, es war vernünftiger, die Suche nach der Grotte hier abzubrechen. Wir liefen den Lavarücken wieder zurück. Inzwischen war es Mittag geworden, und so setzten wir uns im Schatten eines Ginsterbusches nieder und hielten Rast. Enttäuschung machte sich in uns breit, denn schon zum zweiten Mal erreichten wir unser Ziel nicht wirklich. Nur langsam gelang es uns zu akzeptieren, dass wir hier einfach nicht mehr weitergehen konnten. Immerhin hatten wir den Teil der Küste, an dem sich die Grotte befand, kennengelernt. Damit trösteten wir uns und klaubten nebenbei den Hafer aus unseren Strümpfen.

Eine ganze Weile später erst traten wir den Rückweg an. Dies erwies sich jedoch als leichter gesagt als getan. Hatten wir herzu noch stetig auf das Meer zulaufen können, so fehlte uns jetzt erneut nahezu jeglicher Orientierungspunkt. Als Wegweiser konnte uns lediglich der gegenüberliegende Gipfel des ehemaligen Kraterrandes dienen, auf dessen Flanke die Straße verlief, auf der wir gekommen waren. Doch wie sollten wir jemals das Stück Trampelpfad wiederfinden? Außerdem war es uns verwehrt, den gleichen Weg zurückzugehen, den wir gekommen waren, da es uns zu gefährlich erschien, den steilen Hang wieder hinunterzuklettern.

Stattdessen versuchten wir, den Lavarücken völlig zu verlassen und weiter im Inneren in die Sandmulde zu gelangen. Ein Stück weit ging das auch ganz gut, dann jedoch standen wir vor einem dieser undurchdringlichen Heckenrosenfilze. Also zurück, einen neuen Abzweig gesucht und weiter. Wenig später steckten wir wieder fest. Nächster Versuch. Eine Weile ging es, dann war der Weg abermals zu Ende. Und so ging es weiter. Ein paar Meter kamen wir voran, dann war Schluss. Mal waren es die Heckenrosen, die uns den Weg versperrten, ein andermal eine Ansammlung von Disteln. Mühsam die Richtung haltend irrten wir im Zickzack zwischen den Sträuchern umher. Nach einer ganzen Stunde waren wir noch nicht nennenswert vorangekommen; nur unsere Schuhe waren schon wieder voll von piekendem Hafer. Und über allem strahlte fast höhnisch eine unerbittliche Sonne. So ging es offensichtlich nicht zurück. Mussten wir wohl doch den steilen Abhang hinunterklettern, auch wenn wir uns schon bei dem bloßen Gedanken daran abstürzen sahen. Aber was sollten wir sonst tun? Also kämpften wir uns durch all das Gesträuch, durch das wir eben gekommen waren, wieder zurück zum vorderen Teil des Lavarückens und fanden sogar ziemlich genau die Stelle wieder, an der wir emporgekommen waren. Schon unterwegs hatten wir uns überlegt, wie wir am sichersten hinunterkommen würden, doch als wir angelangt waren, suchten unsere Augen unwillkürlich den Hang nach einer Alternative ab. Es musste doch noch eine andere Möglichkeit geben! Und da war sie plötzlich: kein Weg, kein Pfad, aber doch irgendwie eine gehbare Linie, die schräg zum Hang hinab in die Sandmulde führte. Wie aus dem Nichts tauchte sie auf, wir konnten nicht einmal sagen, woran wir sie überhaupt erkannt hatten. Erleichtert folgten wir ihr und standen wenig später unten in der Mulde. Geschafft, das Schwierigste war vorüber! Nun würden wir auch die Straße wieder erreichen. Von dieser Gewissheit beflügelt schritten wir aus, so gut dies zwischen den Sträuchern ging. Jetzt hatten wir sogar einen Blick für die verschiedenen Blumen, die in lila und dunkelblau zwischen den Disteln und Gräsern blühten. Mit etwas Glück fanden wir auch die Mündung des Trampelpfades wieder und gelangten nach mehreren Stunden in der Sträucherwildnis zurück auf die Straße. Ein Stück weiter unten nutzten wir den ersten Schatten, den wir unter einem überhängenden Felsen fanden, um noch einmal Rast zu halten und unsere letzten Wasservorräte aufzubrauchen. Dass wir die Grotte nicht gefunden hatten, schmerzte uns nicht mehr; wir waren nur noch froh, all den nach uns greifenden Stachelpflanzen entkommen zu sein. Ein letztes Mal befreiten wir Schuhe und Strümpfe von anhaftenden Haferkörnern, dann nahmen wir den Rückweg wieder auf.

Zügig gehen zu können, ohne mit irgendwelchen Gewächsen zu kollidieren, tat gut. Schnell trug uns die Straße den ehemaligen Kraterhang hinab zu der großen Straße, die nach unserem Ort und dem Hafen führte. Kurze Zeit später passierten wir wieder die Schirmpinie, von der es diesmal wesentlich kürzer bis zu unserer Ferienwohnung war als vor wenigen Tagen.

Unser nächster Ausflug führte uns ins Hinterland der Insel. In der Frühe fuhren wir mit dem Bus hinauf nach Piano. Morgendliche Kühle empfing uns, als der Busfahrer uns an der Haltestelle absetzte. Er fragte uns noch, ob wir auch wieder mit dem Bus zurückwollten, doch wir schüttelten den Kopf. Das wollten wir laufen.

Zunächst jedoch gingen wir die Straße noch ein Stückchen in Fahrtrichtung weiter, denn wir wollten zu einem Aussichtspunkt auf der anderen Seite der Insel. Wir befanden uns nun auf der von der allerältesten Caldera gebildeten Hochebene. Von vulkanischer Aktivität und Tourismus fehlte hier jede Spur. Nur geübten Augen war es möglich, in den Formen der Landschaft den vor Jahrentausenden hier existierenden Vulkan zu erkennen. Bauerngärten mit einfachen Behausungen und ein lichter, durchaus nicht mittelmeerländischer Baumbestand prägten kräftig grün das Bild dieses Teils der Insel.

Unser Weg führte uns an der Kirche des Ortes vorbei. Ihrer Architektur nach schien sie erst in den letzten Jahrzehnten gebaut worden zu sein. Ihre Tür stand offen, und so gingen wir hinein. Auch innen war die Kirche neuzeitlich schlicht gehalten; einziger Blickfang, der uns dafür jedoch sofort fesselte, war ein mehrteiliges Wandgemälde im Altarraum. Links vom Altar zeigte es die Geburt Jesu Christi, unmittelbar hinter dem Altar Christi Himmelfahrt, daneben einen mächtigen Engel, der einen Drachen tötete. Auf der rechten Seite waren mit verschiedenen Motiven Gut und Böse der heutigen Welt dargestellt. Die dominierenden Farben waren blau und gelb, wobei Gelb nur für den gen Himmel fahrenden Christus und das Gute in der

Welt verwendet worden war. Das Gemälde war nicht flächig ausgeführt, sondern bestand lediglich aus unterschiedlich starken Linien; gleichsam eine Zeichnung. Die Personen auf den Bildern waren dabei mit geschwungenen Linien dargestellt, der Hintergrund dagegen mit nahezu geometrisch strengen, geraden Linien. Fasziniert standen wir davor. Hier, in einer so kleinen, unbedeutenden Kirche ein solches Kunstwerk zu finden; modern und trotzdem schön! Der gesamte christliche Glaube war zu diesen vier Bildern verdichtet. Da hatte wirklich jemand eine Botschaft ausdrücken wollen und es war ihm gelungen! Unglaublich auch, wie sich allein durch die Linienführung in den an und für sich bekannten Bildern neue Interpretationsmöglichkeiten öffneten. So war der Stall der Weihnachtsdarstellung durch ein paar wenige Bögen und Linien perspektivisch nach hinten verlängert. Auf den ersten Blick sah man den wohlvertrauten Stall, doch im nächsten Moment wirkte er damit wie der Teil einer Zimmerflucht eines alten Schlosses. Und war dieser Stall nicht wirklich ein Schloss geworden dadurch, dass Jesus Christus in ihm geboren wurde? Auf dem Bild von Christi Himmelfahrt waren einige zurückbleibende Freunde von Jesus dargestellt, darunter eine Frau. Die Linien, mit denen die Gewänder der Männer gezeichnet waren, waren in ihrer Richtung den Linien des auffahrenden Christus genau entgegengerichtet, als wollten sie Jesus wieder auf die Erde herabholen, während die Linien der Frau die Bewegung des aufsteigenden Christus, ihn gleichsam freigebend, mitmachten. Ist es nicht wirklich oft so, dass sich Frauen mit solchen, den Verstand übersteigenden Dingen, leichter tun als Männer; und sie auf einer anderen Ebene besser verstehen können? Und auf dem Bild von der heutigen Welt führten gelbe Linien aus dem Guten wie Strahlen von links oben in das Blau des Bösen hinein; und lösten es in seinen Randbereichen auf. Ist nicht genau dies die unerschütterliche, auf den auferstandenen Christus gegründete Hoffnung, dass das Gute das Böse besiegen wird? Lange standen wir und schauten. Sollte es solche Bilder nicht viel öfter geben?

Erst nach einer ganzen Weile verließen wir die Kirche wieder und machten uns auf die Suche nach dem Aussichtspunkt. Wir verließen die Straße und folgten einem Sandweg. Dieser sah eigentlich unscheinbar und verlassen aus, doch kaum hatten wir ihn betreten, kam uns neugierig – ein Esel entgegen. Von dem Strick, mit dem er angepflockt war, am Weitergehen gehindert, stand er in einiger Entfernung mitten auf dem Weg und schaute uns entgegen. Ein echter Esel, der erste, den wir sahen, obwohl diese Tiere hier noch relativ häufig sein sollten. Ziemlich groß war er und hatte ein dunkles, lockiges Fell. Wir streichelten ihn ein wenig, dann drängten wir uns an ihm vorbei, wobei der Esel mitlief, soweit es seine Leine erlaubte. Neben dem Weg entdeckten wir ein paar niedrige, in den Fels gehauene Höhlen, die – wie wir aus dem Reiseführer wußten – vor langer Zeit den hier lebenden Menschen als Unterschlupf gedient hatten. Durch kniehohes Gras, Disteln und Brennesseln gingen wir zu ihnen hin, doch leider waren sie ziemlich zugewachsen. Nachdem wir in jede einen kurzen Blick geworfen hatten, kehrten wir wieder um. Dabei mussten wir erneut an dem Esel vorbei. Dieser hatte sich inzwischen den rings um ihn wachsenden Pflanzen zugewandt. Mit ungläubigem Staunen sahen wir, was wir als Buchweisheit eigentlich schon lange wussten: der Esel fraß Disteln. Genüsslich kauend ließ er eine nach der anderen in seinem Maul verschwinden, während wir schon vom bloßen Zusehen jeden Stachel im Mund spürten. An den abgebissenen Stengeln konnten wir auch deutlich erkennen, warum der Esel gerade sie bevorzugte: kleine Wassertropfen perlten auf der Abbissstelle, den im Vergleich zu anderen Pflanzen wesentlich höheren Wassergehalt der Disteln anzeigend.

Wir folgten weiter dem Sandweg, der auf den kaum noch wahrnehmbaren alten Kraterrand hinaufführte. Da hörten wir ein Muhen, und als wir aufschauten, stand genau da, wo unser Weg den Kraterrand erreichte, eine Kuh! Sollte das heute so weitergehen? Im Gegensatz zu dem Esel wartete die Kuh jedoch nicht auf uns, sondern verzog sich wieder, als wir näherkamen. Oben auf dem Kraterrand angekommen blieben wir stehen und schauten uns um. Tief unter uns lag das Meer. Am Horizont konnten wir vage Sizilien mit dem Ätna erkennen. Dieser Anblick erinnerte uns an das baldige Ende unseres Aufenthalts auf der Insel. Wehmut überfiel uns plötzlich, und wir wandten uns schnell wieder ab. Nein, wir wollten noch nicht an die Rückreise denken! Heute waren wir noch hier, und wir wollten noch viel sehen von der Insel, die hier ein so anderes Gesicht hatte, als wir es bisher kannten.

Wir gingen den Sandweg zurück, zum drittenmal an dem Esel vorbei, der uns abermals neugierig in den Weg trat; dann folgten wir der Straße bergab. Im

Schatten hoher, aber nicht sehr dichter Laubbäume liefen wir ohne Eile dahin. Die Bäume kamen uns seltsam bekannt vor. Immer wieder schauten wir in ihre Wipfel hinauf. Der Anblick der lichten Kronen mit den in scharfen Knicken verzweigten Ästen, die stark zerfurchte, teilweise fasrige Rinde, die Dornen an den jüngeren Zweigen, die gefiederten Blätter und herabhängenden weißen Blütenbüschel, all das war uns zutiefst vertraut – aber woher? Auch die vielen am Boden liegenden Blütenblätter hatten wir genau so schon einmal gesehen. Wo nur, wo? Es wollte uns nicht einfallen, nicht einmal den Namen der Bäume fanden wir in unserem Gedächtnis. Nahezu schmerzhaft paarte sich dieses wohlige Gefühl des Kennens, das sich unser bemächtigte, sobald unser Blick auf die Bäume fiel, mit der gleichzeitigen Unfähigkeit des Verstandes zu *er*kennen. Aber wir mussten auch wieder und wieder hinaufschauen, die Bäume schienen unseren Blick regelrecht anzuziehen. Irgendwann brachte unser Gehirn dann das Bild der Bäume mit dem Summen von Bienen zusammen, das wir für einen Moment physisch zu hören meinten. Und plötzlich wussten wir: es waren Robinien, von denen lange Zeit zwei im elterlichen Garten gestanden hatten! Nun wunderten wir uns nicht mehr, dass die Bäume uns so berührten. Tiefste kindliche Schichten unseres Inneren waren von ihnen erreicht worden, Schichten, deren wir uns kaum noch bewusst gewesen waren! Noch einmal schauten wir hoch in die Wipfel. Diese Bäume hier zu finden, erschien uns wie ein besonderer Gruß der Insel.

Als ein Fahrweg nach rechts abzweigte, verließen wir die Straße und folgten ihm. Vorbei an ein paar älteren Häusern gelangten wir auf eine mit Kiefern bestandene Anhöhe. Über eine Zistrosenhecke hinweg sahen wir in einiger Entfernung die Rückseite des Kraters, so wie wir sie schon auf unserer Wanderung ins Valle Roia gesehen hatten. Nach kurzem Suchen fanden wir auch die zwei Steineichen, unter denen wir gesessen hatten. Wir sahen die große Straße sich den Hang heraufwinden und entdeckten den Abzweig, den wir auf der Suche nach der Grotte genommen hatten. Dahinter lag, gleichsam die Sicht begrenzend, der alte Kraterrand.

Da der Weg hier zu Ende war, kehrten wir wieder um und liefen zur Straße zurück. Im Abwärtsgehen konnten wir deutlich alle abzweigenden Wege, und wo sie in etwa hinführten, sehen. Es lief sich leicht auf der Straße und wir hatten noch den ganzen Tag vor uns. Darum beschlossen wir, die Straße noch einmal zu verlassen und einen der höchsten Berge des alten Kraterrandes zu erklimmen.

Gesagt, getan. An der Kreuzung, an der uns der Busfahrer abgesetzt hatte, wandten wir uns nach links. Die Straße schlängelte sich zwischen den typischen Bauerngärten hindurch, in denen für uns so exotische Dinge wuchsen wie Feigen, Zitronen und Kapern. Hinter den letzten Häusern begann die Straße anzusteigen und verlor sich bald in einem steinigen Weg. Auf dem Grat des Kraterrandes machte der Weg einen scharfen Knick und stieg dann sanft zum Berg hin an. Zunächst durch Ginster führend ging der Weg mehr und mehr in eine alte Fahrspur über, die schon lange nicht mehr benutzt worden zu sein schien. Der Ginster wurde allmählich von Disteln verdrängt, und als wir fast oben waren, sahen wir, dass die ganze Bergkuppe ein einziges Distelfeld war. Auch die ehemalige Fahrspur hatten die Disteln zurückerobert, die beiden Spurrinnen waren nur noch als schmale Gassen zwischen den Pflanzen erkennbar.

Sollten wir umkehren, so kurz vor dem Ziel? Der Gipfel lag zum Greifen nah vor uns, die zu erwartende Aussicht reizte uns. Dieses letzte Stück würden wir auch noch schaffen; irgendwie musste es gehen!

Immer auf der Suche nach der günstigsten Linie schlängelten wir uns durch die Disteln. Es dauerte nicht lange, da gab es keine Lücken mehr zwischen ihnen. Das einzige, was half, war, die Pflanzen umzutreten. Angesichts der Masse, die hier wuchs, mit Sicherheit kein Frevel. Da huschte plötzlich etwas Schwarzes vor unseren Füßen davon. Eine Zornnatter! Hier hätten wir sie wirklich nicht erwartet. Als wir zum Valle Roia unterwegs waren, hatten wir gehofft, dort eine solche Schlange zu erblicken, aber dazu war es nicht gekommen. Um so mehr freuten wir uns nun, dieses Tier der Insel doch noch gesehen zu haben.

Die Disteln wurden immer dichter und dichter. Zu allem Überfluss entdeckten wir nun, dass ein Teil des Gipfels aus irgendwelchen Gründen eingezäunt war. Um auf den absolut höchsten Punkt des Berges zu gelangen, hätten wir um dieses Gelände herumlaufen müssen, was den Weg durch die Disteln fast noch einmal so lang hätte werden lassen. Der Zaun stand jedoch auf einer Mauer, die unweit von uns an ein flaches, in den Hang gesetztes Gebäude grenzte. Das Dach dieses Gebäudes wurde unser neues Ziel.

Wir kletterten auf die Mauer. Uns an dem Drahtzaun festhaltend balancierten wir nach vorn auf das Dach, immer darauf bedacht, nicht in eines der Löcher in der Mauer zu treten. Auf dem Dach angekommen schauten wir uns um. Den ganzen hinteren Teil der Insel konnten wir überblicken. Vor uns lag ausgebreitet die gesamte Ebene des Piano. Von hier oben erschien sie wie eine große Wiese. Die in den einzelnen Gärten stehenden Bäume verteilten sich regellos auf ihr wie dunkelgrüne Tupfen. Wir erkannten die Anhöhe, auf der wir vorhin gestanden hatten, und fanden den Aussichtspunkt auf dem Kraterrand wieder. Ein Stück nach vorn laufend konnten wir die Abbruchkante der Hochebene sehen, deren Hänge bis hinab ins Valle Roia reichten. Den Krater konnten wir nur ansatzweise sehen, er wurde durch die Flanke des Berges verdeckt. Obwohl an dem Aussichtspunkt heute morgen ein kräftiger Wind geweht hatte, war es hier nahezu windstill. Kein Laut war zu hören. Wir setzten uns nieder und ließen uns von der Stille anstecken. Unentwegt schauten wir auf die reglos daliegende Ebene, ohne dass uns langweilig wurde. Wir waren allein mit der Insel, wir gehörten dazu.

Nach einer ganzen Weile erst begannen wir den Abstieg. Zunächst liefen wir die Mauer entlang zurück, dann sprangen wir hinab in die Disteln, wobei wir peinlichst darauf achteten, auf der plattgetretenen Stelle zu landen. Unserem eigenen Trampelpfad folgend schlängelten wir uns durch die Disteln zurück zu der alten Fahrspur. Im Absteigen hatten wir immer noch Blick auf die Hochebene, von der wir unsere Augen kaum losreißen konnten. Was war es nur, das uns an ihr so fesselte? War es der Kontrast zu all dem, was wir bisher gesehen hatten? War es das Grün, das unseren Augen wohltat und in aller Trockenheit und Hitze ein Zeichen von Lebensfreundlichkeit war? Wir wussten es nicht, doch als wir die letzten Bauerngärten hinter uns gelassen und die Straße wieder erreicht hatten, hatten wir das Gefühl, etwas zu verlieren.

Die Straße sah nun ganz anders aus. Die Robinien waren verschwunden. Statt ihrer säumten leuchtend rosa blühende Hecken den Rand und gaben ihr das Aussehen einer vom Gärtner gepflegten Gutsauffahrt. An den Hang des alten Kraterrandes gelehnt führte sie in Serpentinen die Abbruchkante hinab. In einer der Kurven begegnete uns der Busfahrer von heute morgen. Auch er erkannte uns und grüßte fröhlich. Fast schien es, als würde er sich freuen, dass wir uns seine Heimat erwanderten. Wir grüßten zurück. In der letzten Straßenwindung blieben wir stehen. Von hier aus konnten wir in die Caldera hineinsehen, in der wir um den Krater herumgelaufen waren, und auch der Krater selbst war wieder zu sehen. Am faszinierendsten waren jedoch die Hänge, die sich zu unseren Füßen in die Caldera hinabzogen – sie waren über und über mit Heckenrosen bedeckt. Die unzähligen rosa Blüten bildeten ein dichtes, regelloses Muster, das uns ahnen ließ, woher das Rosenmuster auf so mancher Schlosstapete stammte. Das letzte Stückchen hinabsteigend entdeckten wir noch einmal einen Weg, der links auf den alten Kraterrand führte. Noch einmal keimte die Hoffnung in uns auf, einen Zugang zu der Grotte zu finden. Wir folgten ihm, bis wir oben auf dem Kraterrand standen. Keine Grotte und auch kein Weg, der in ihre Richtung führte. Stattdessen hatten wir noch einmal Blick auf einen der ins Meer fingernden Lavarücken. Einen Moment lang blieben wir stehen, dann kehrten wir um.

Die Inselentdeckungstour war zu Ende. Auf demselben Weg, den wir gekommen waren, gelangten wir wieder zurück zur Straße. Wenig später kamen wir an dem Abzweig vorbei, dem wir auf unserer ersten Suche nach der Grotte gefolgt waren, und von nun an bewegten wir uns in bekanntem Terrain. Noch schneller als beim letzten Mal erreichten wir die Schirmpinie, passierten den Einstieg zum Krater und waren wenig später an den ersten Häusern unseres Ortes.

Am letzten Tag unseres Aufenthalts wollten wir uns die Insel einmal aus einem ganz anderen Blickwinkel betrachten. Im Reiseführer hatten wir von einem Aussichtspunkt auf der Nachbarinsel gelesen, von dem aus man einen umfassenden Blick auf Vulcano haben sollte.

Auf unsere Fähre wartend standen wir neben dem Anleger. Das Meer war ruhig, nur kleine Wellen schwappten an den Strand. Die Fähre war noch nicht in Sicht, und so begannen unsere Augen fast von selbst, den Boden zu unseren Füßen zu inspizieren. Im Gegensatz zu der Badebucht mit ihrem schwarzen Sand gab es hier nur Steine. Die meisten waren kieselsteingroße Lavastückchen. Das Wasser hatte sie rundgeschliffen, ihre Oberfläche war durch die unzähligen Blasen und Bläschen jedoch seltsam rauh geblieben. Daneben gab es hier und da ein Stückchen dunkel glänzenden Obsidian und immer wieder Stücke von Bimsstein. Was hatten wir gelesen? Bimsstein sollte so leicht sein, dass er im Wasser schwamm. Das mussten wir ausprobieren! Wir hoben eines der Stückchen auf und warfen es ins Wasser. Gespannt schauten wir auf die Eintauchstelle. Tatsächlich, nachdem die Aufschlagwellen verlaufen waren, sahen wir es auf der Wasseroberfläche treiben! Wir warfen noch ein Stück hinein und noch eins. Auch sie schwammen. Wir mussten lachen. Hatte man uns nicht gelehrt, dass Steine nicht schwimmen? Selbst hierfür gab es also eine Ausnahme! Begeistert suchten wir nach weiteren Bimssteinstückchen. Meist waren sie leicht zu finden, da sie sich mit ihrer weißlichen Farbe deutlich von den dunkleren Lavasteinen abhoben. Wir warfen sie ins Wasser und freuten uns jedesmal, sie schwimmen zu sehen, als fürchteten wir, dass eines dieser Stein gewordenen Lavaschaumstückchen doch einmal untergehen und uns unseren Triumph über den althergebrachten Lehrsatz zerstören könnte. Ein Hund kam angerannt und nahm das Spiel auf. Er sprang den von uns geworfenen Steinen nach und schnappte sie aus dem Wasser, ließ sie jedoch jedesmal enttäuscht fallen, wenn er merkte, dass es nichts Lohnenderes war.

Dann kam unsere Fähre ins Blickfeld. Der allgemeinen Bewegung der Wartenden folgend begaben auch wir uns auf den Anlegesteg, obwohl die Fähre noch mindestens fünf Minuten brauchen würde, um denselben zu erreichen. Deshalb schauten wir einstweilen in das Wasser unter uns. Es war glasklar, so dass wir bis auf den Grund hinabschauen konnten. Zwischen algenbewachsenen Steinen sahen wir verschiedene Fische umherschwimmen. Neben vielen kleinen im Schwarm schwimmenden gab es auch mehrere große. Offenbar waren es aber keine Raubfische, denn sie interessierten sich in keinster Weise für die Schwarmfische. An der Wasseroberfläche trieben immer wieder Quallen in unser Blickfeld, mal die großen rosa Ohrenquallen, die wir auch von der Ostsee kannten, und mal die kleinen braunen Feuerquallen.

Das näherkommende Motorengeräusch holte uns vom Meeresgrund wieder herauf in die Wirklichkeit. Wir schauten auf, gerade rechtzeitig, um die Tragflächen der Fähre eintauchen zu sehen.

Keine zehn Minuten später befanden wir uns auf der Nachbarinsel. Mit dem Bus fuhren wir hinauf zum

Aussichtspunkt. Da lag sie vor uns, unsere Insel und über ihr schwebten graue Regenwolken; etwas völlig Ungewohntes nach all den Sonnentagen. Dennoch konnten wir die Insel klar sehen. Deutlich erkannten wir die vier Vulkane, aus denen sie aufgebaut war und all die Orte, an denen wir gewesen waren: Den ältesten Vulkan, dessen Caldera heute die Hochebene von Piano bildet und den dazugehörige Kraterrand, wo wir auf dem Berg gewesen waren. Den Kraterrand des zweiten Vulkans mit seinen weit ins Meer ragenden Lavaströmen, bei denen wir auf der Suche nach der Grotte durch die Disteln gestreift waren, die Caldera des dritten Vulkans, in der wir dem Pillendreher beim Vergraben seiner Kugel zugesehen hatten, und aus der nun der vierte Krater erwuchs. Davor lag Vulcanello mit seiner wilden Steilküste und dazwischen die Bucht mit dem schwarzen Sand und der Felszacke, wo wir mehrfach gebadet hatten. So standen wir und sahen die einzelnen Eindrücke der letzten Tage sich zu einem Ganzen zusammensetzen. Auch wenn uns die Insel nicht alle ihre Geheimnisse entdeckt hatte, waren wir ihr doch sehr nahegekommen. Sie war – wenn auch nur für einige Tage – unser Zuhause gewesen.

Dann vertrieb uns die ungewohnte Kälte des Nieselwetters, auf die wir nicht eingerichtet waren, und wir kehrten in den Hafen zurück. Die nächste Fähre brachte uns zurück nach Vulcano, wo wir noch ein letztes Mal in der Bar auf eine Granita einkehrten.

Soeben hatten sich die Türen unserer Ferienwohnung unwiderruflich hinter uns geschlossen. Noch einmal warfen wir einen Blick hinauf zum Krater. Er rauchte friedlich vor sich hin wie immer. Zum letzten Mal liefen wir den Weg zum Hafen, den wir fast täglich gegangen waren. Wieder standen wir am Anleger und warteten auf die Fähre. Doch diesmal hatten wir keine Lust, nach Bimsstein zu suchen oder Fische zu beobachten.

Die Fähre kam pünktlich. Einsteigend warfen wir noch einen letzten Blick zurück, dann versank die Insel hinter den schmutzigen Scheiben. Alles, was blieb, war die Erinnerung und der Schwefelgeruch in unseren Haaren. Vor uns lagen zwei Tage Zugfahrt...

Öland. Wo Welten aufeinandertreffen

M (42), R (37), M (10), A (9), D (7)

Die Brücke trug uns hinüber. Unsere Fahrt, die am Morgen mit der Fährpassage begonnen und uns anschließend durch ausgedehnte Küstenwälder geführt hatte, neigte sich ihrem Ende entgegen. Zunächst hatte uns Nieselregen begleitet, doch schon bald hatten sich die Wolken mehr und mehr gehoben, und nun lag sie im Schein einer Fast-schon-Abend-Sonne vor uns – die schwedische Ostseeinsel Öland, von der es immer heißt, dass sie ganz anders sei als das restliche Schweden. Leichte Erregung durchkribbelte uns. Vor langer Zeit waren wir schon einmal hier gewesen. Vereinzelte Erinnerungsfetzen daran spukten in unseren Köpfen herum und hatten den Wunsch geweckt, noch einmal hierher zu kommen. Doch war dies wirklich eine gute Idee gewesen? Würden wir die Eindrücke von damals überhaupt wiederfinden? Plötzliche Zweifel überfielen uns, doch zum Umkehren war es nun zu spät.

Auf der Insel angekommen, folgten wir der Straße nach Norden. Zuerst führte sie durch einen lichten, ziemlich trocken anmutenden Kiefernwald, dann kamen wir in offenes Land. Als weite Ebene dehnte es sich dem Horizont entgegen, aufgelockert durch vereinzelte Wacholderbüsche und wie eingestreut umherliegende Findlinge. Spärliches gelbes Gras kündete von noch mehr Trockenheit.

Wir fuhren und fuhren. Mit jedem neuen Dorf, das wir durchquerten, erkannten wir, dass die Insel viel größer war, als wir sie in Erinnerung hatten. Gleichzeitig wunderten wir uns über die zahlreichen Windmühlen, die links und rechts der Straße standen. Jede hatte ihr eigenes, unverwechselbares Aussehen. Nicht eine glich der anderen, und in manchen Orten gab es sogar mehrere davon. Wozu wurden hier so viele Mühlen gebraucht? Ausreichend Wind wehte sicherlich, aber woher kam das Getreide? Weit und breit waren keine Felder zu entdecken, überall nur das karge, steinige Land, das vielleicht gerade noch als Weide dienen konnte. Hatte man etwa Korn vom Festland zum Mahlen auf die Insel gebracht? Wie wir später lernten, war aber auch diese Vermutung falsch: mit den Mühlen wurde überhaupt kein Getreide gemahlen, sondern Kalkstein geschliffen.

Irgendwann erreichten wir unseren Zeltplatz im Norden der Insel. Unverzüglich begannen wir mit dem Zeltaufbau, denn unser Zeitgefühl sagte uns, dass es schon bald Nacht werden würde. Wärme und

Licht des Frühabends waren jedoch noch nicht gewichen, und auch als das Zelt stand, hatte sich daran nichts geändert. Im Gegenteil, sie dauerten fort und indem sie das taten, stellten sie Minute um Minute unsere innere Uhr zurück. Schon wenig später saßen wir gemütlich beim Abendessen, in der sicheren Annahme, den größten Teil des Abends noch vor uns zu haben. Als wir zufällig einen Blick auf die Uhr warfen, war es jedoch schon eine Stunde vor Mitternacht. Wie das? Wir waren verwirrt, aber dann fiel es uns wieder ein: hier im Norden waren die Nächte länger hell! Wie hatten wir das nur vergessen können? Wir lachten über uns selbst und genossen es, so schnell auf der Insel angekommen zu sein.

Am nächsten Morgen liehen wir uns Fahrräder aus. Mit steilen Anstiegen war auf der Insel mangels großer Erhebungen nicht zu rechnen, und so freuten wir uns auf eine angenehme Tour quer über die Insel zur Westküste. Unsere Mietgefährte sträubten sich jedoch mit aller Macht dagegen, ihren angestammten Zeltplatz zu verlassen: Vorder- und Hinterrad strebten in verschiedene Richtungen, zahlreiche Dellen und Beulen schlugen hart in Lenker und Sattel. Zu spät begriffen wir, dass diese Drahtesel für Vorhaben wie das unsere gar nicht gedacht waren. Aber da wir sie einmal bezahlt hatten, fuhren oder besser schlingerten wir weiter, auch wenn wir dabei fast seekrank wurden.

Nach ungefähr einer Stunde hatten wir die andere Seite erreicht. Wir stellten die Räder ab und schauten uns um. Wenige Meter über dem Meer standen wir auf einem kleinen Plateau, das sich nach links allmählich in einem steinigen Strand verlor, nach rechts aber offenbar noch weiterreichte. Wir traten ein paar Schritte vor und schauten hinab ins Wasser. Zumindest dachten wir das, doch da war überhaupt kein Wasser! Stattdessen ragten graue, gedrungene Felsen aus plattigem Kalkstein empor, deren Form entfernt an abgerundete, zu klein geratene Tafelberge erinnerte. Voneinander getrennt wurden sie durch ein Netz aus weit ausgewaschenen, weich geschwungenen Pfaden, die sich wie Flussarme oder Priele zwischen ihnen wanden und in Richtung Meer mäandrierten. Irgendetwas an diesem Anblick war uns seltsam vertraut, aber es brauchte einen Moment, bis wir es wirklich erkannten: unter uns lag eine Canyonlandschaft en miniature! Die geschwungenen Pfade waren tatsächlich einmal Wasserläufe gewesen. Genau wie andernorts die großen Flüsse dieser Welt hatte sich ablaufendes Meerwasser im Laufe der Zeit tiefer und tiefer in die Kalkplatte eingeschnitten und die Felsen nach und nach herausmodelliert. Mit ihrer Vielzahl an miteinander verzweigten Mäandern und den daraus resultierenden, wie Puzzleteile ineinandergreifenden Felsgebilden offenbarte uns diese Kleinausgabe eines Canyonsystems jedoch wesentlich mehr von seinem eigentlichen Wesen, als es seine berühmten Vettern in ihrer Riesenhaftigkeit je tun konnten. Ein Blick in die Inselkarte verriet uns, dass wir an den Raukensteinen von Öland waren, aber das war eigentlich unwichtig. Wir standen und staunten. Die Felsen schienen uns noch etwas anderes mitteilen zu wollen, doch wieder dauerte es eine Weile, bis wir ihre Botschaft verstanden. Dann jedoch kamen wir nur zu gern ihrer wortlosen Aufforderung nach: dem vor uns liegenden Mäander folgend liefen wir in die Felsen hinein und kraxelten auf den erstbesten hinauf. Nach einem kurzen Rundumblick kletterten wir auf der anderen Seite hinab und erklommen den nächsten, noch etwas höheren Felsen. Von hier aus konnten wir an der gesamten Küste entlangblicken und erst jetzt sahen wir, wie weit sich diese Felslandschaft gen Norden erstreckte. Noch einmal staunten wir, und eine unerklärliche Freude stieg in uns auf. Wir würden noch ganz viele dieser Felsen besteigen können! Was genau uns daran freute, ließ sich gar nicht im Detail sagen. Streng genommen unterschieden sie sich nicht viel voneinander und etwas anderes würden wir von ihnen aus auch nicht erblicken. Aber: der eine war höher, der andere breiter, der nächste langgestreckter und der übernächste stand näher am Wasser. Von wieder anderen leuchteten uns hellgelbe Flechten entgegen und all das reichte, um sie uns immer wieder von neuem reizvoll erscheinen zu lassen. Die zahllosen von ausgespülten Muscheln zurückgelassenen Löcher machten das Klettern leicht, und immer wieder entdeckten wir riesige, in den Stein eingebettete Donnerkeile, in denen manchmal sogar kleine Kristalle wuchsen. Zwischendurch schlängelten wir uns in den Mäanderbögen hinunter ans Wasser, schauten dem tanzenden Lichtlinienmuster zu, das Sonne und Wellen auf den Grund zeichneten, oder wiegten uns unmerklich mit dem an den Steinen sitzenden Seegras. Schon bald bestand unsere Welt nur noch aus Wellenspiel, Mäanderwindungen und dem Auf und Ab der Felsen, als könnte es gar nichts anderes gegeben.

Ohne jeglichen Übergang waren die Felsen plötzlich zu Ende - vor uns lag ein ganz normaler Sandstrand. Verwirrt blieben wir stehen und starrten ihn an: wo war hier der Weg? Tatsächlich fehlte uns ohne die vorgegebenen Pfade der Mäander die Orientierung, und wir brauchten etwas Zeit, um aus dem Rhythmus der Kalkfelsen zurückzukehren.

Als uns dies gelungen war, sahen wir, dass es auf dem Strand von Badegästen wimmelte, und auf einmal verspürten auch wir Lust, ins Wasser zu gehen. Die Sonne war zwar gerade hinter unbemerkt herangezogenen Wolken verschwunden, aber da es nicht kalt war, ließen wir uns davon nicht abhalten. Eigentlich wollten wir schwimmen, doch schon wieder lockten uns die Felsen. Trotzig machten wir ein paar halbherzige Züge, dann gaben wir nach und wateten hinüber. Vorsichtig, um nicht auszurutschen, tapsten wir auf den ersten, noch unter Wasser aus dem Sand herausragenden Steinplatten entlang. Sie waren vollständig mit Seegras überwachsen. Entgegen unserer Erwartung war es nicht weich wie Moos, sondern fühlte sich rau an wie Fransen eines alten Teppichs. In einem Lichtfleck der inzwischen wiedergekehrten Sonne tummelte sich inmitten des Hell- und Dunkelgrüns der Grasfäden ein Schwarm junger Fischchen. Uns ebenfalls in der Sonne wärmend schauten wir ihnen zu, bis uns die nächsten Wolkenschatten aus dem Wasser vertrieben.

Der weitere Weg nach Norden reizte uns nicht; daher beschlossen wir, zu unseren Rädern zurückzukehren. So gern wir auf dem Herweg durch die Felsen geklettert waren, nun wählten wir die Variante oben auf dem Plateau entlang. Eine dicke Splittschicht bedeckte hier den Fels, die, obwohl aus dem gleichen Kalkstein bestehend, nicht grau war wie dieser, sondern cremeweiß. Unendlich viele Füße hatten tatsächlich einen Trampelpfad dichter liegender Steinchen in diesen Splitt getreten, und dem folgten wir jetzt. Anderswo hätte die Splittdecke völlig ausgereicht, um jegliches Pflanzenwachstum im Keime zu ersticken. Hier jedoch sprossen Halme und Blätter zu beiden Seiten des Pfades aus ihr empor und verwandelten sie fast in eine blühende Wiese. Bei genauerem Hinsehen stellten wir jedoch fest, dass es keineswegs viele verschiedene, sondern lediglich zwei Pflanzenarten waren, die hier wuchsen und diesen Eindruck erweckten. Die eine war ein Gras mit dicken, felligen Kölbchen, die genauso creme-weiß waren wie die Steine. Bei flüchtigem Hinsehen verschmolzen beide regelrecht miteinander und ließen auch den Splitt plüschig weich erscheinen. Die andere Pflanze kannten wir noch von unserem lang zurückliegenden Aufenthalt her: es war Natternkopf, eine mehrstielig aus dem Stein sprießende Blume mit Borsten an Stängeln und Blättern und leuchtend blauen, an Trockenblumen erinnernden Blüten. Wie genügsam mussten die beiden sein, um hier gedeihen zu können! Und doch waren sie voll intensiver Schönheit. Sie verwandelten die sich vor uns erstreckende Plateauebene in eine festliche Tafel, die gedeckt war mit der Unbeirrbarkeit, Willenskraft und Lebensfreude der beiden Gewächse. Oder erinnerten uns ihre Farben nur an das heimische Festtagsgeschirr? Vielleicht von beidem etwas, denn uns wurde auf einmal ganz feierlich zumute. Nahezu andächtig schritten wir den Weg entlang, und erfreuten uns an dem strahlenden Creme-Blau, von dem wir nicht genug bekommen konnten!

Heiter und seltsam ausgeglichen langten wir bei unseren Rädern an. Wir stiegen auf und folgten der Küstenstraße, die eigentlich nur eine unbefestigte Piste war. Unsere Gefährte schlugen und schlingerten wieder, doch nahmen wir dies nicht mehr so deutlich wahr. Die blaue Blume begleitete uns noch ein Stück, doch je mehr sich unsere Umgebung zu Grasland wandelte, desto seltener wurde sie und verschwand schließlich ganz. Unsere Aufmerksamkeit galt daher wieder dem Meeresufer. Nichts erinnerte mehr an die Canyonlandschaft der Raukensteine. An ihrer Stelle ragten nun kantige Klippen unter der Grasnarbe hervor. Abertausende Bruchstücke dieser Klippen bedeckten den darunterliegenden Strand, von unterschiedlich starken Sturmfluten zu mehrstufigen Schotterterrassen aufgeschichtet. An einer Stelle, an der ein großes Stück Klippe abgebrochen und den Hang hinuntergekippt war, hielten wir an und liefen in diese Terrassen hinein. In dem Schotter wollten wir nachholen, was wir in den Felsen nicht hatten tun können – Fossilien aufsammeln. War der Kalkstein in den Canyonfelsen grau und grobkörnig gewesen, so lag er nun rotbraun und feinkörnig vor uns und erinnerte fast an Schiefer. Auch gab es keine Muscheln in ihm, dafür aber Donnerkeile und Trilobiten, die ein wenig wie Urzeitkrebse aussahen.

Mit ein paar kleineren Fundstücken in der Tasche setzten wir später unseren Weg fort. Weit waren wir jedoch noch nicht gefahren, als wir erneut anhielten. Unter uns lag eine winzige Bucht, in der wir eine ziemlich alt aussehende Fischerhütte und ein umgedrehtes Boot entdeckten. Sie weckten unsere Neugier und so suchten wir nach einem Weg, der hinunterführte. Tatsächlich entdeckten wir wenige Meter vor uns einen Trampelpfad. Wir folgten ihm durch das kniehohe Gras, kletterten die Klippen hinab und standen wenig später auf dem steinigen Strand der Bucht. Im gleichen Moment wurde uns klar, dass es nicht Hütte und Boot gewesen waren, die uns heruntergelockt hatten. Irgendetwas anderes wehte uns an, doch wir wussten weder, was es war, noch woher es kam. Wir blieben stehen und schauten uns um. Rechterhand lagen die abgebrochenen Klippen mit den Schotterterrassen, doch die waren es nicht. Zu unserer Linken stand ein kleines Nadelwäldchen, das, als er ihm einmal begegnet war, unseren Blick nicht mehr losließ. Still und stumm stand es in dichtem Dunkelgrün vor uns, umgeben von einer hellgrünen Wiese mit langen, blühenden Gräsern. Diese Wiese wiederum wurde umrahmt von großen runden Findlingssteinen aus rotbraunem Granit, die sich im blauen Wasser verloren, als wären sie einfach im Vorbeigehen hingeschüttet worden. Kein Laut, kein Wellenplätschern war zu hören, nur ein paar besonders lange Grashalme wiegten sich sacht im kaum spürbaren Wind.

Kein Zweifel, die seltsame Anziehung ging von diesem Flecken aus. Obwohl an ihrem Rand gelegen, erfüllte er die ganze Bucht mit einer seltsamen Atmosphäre und schien alles ergreifen zu wollen, was auch nur einen Fuß auf den Boden derselben setzte. Auch wir waren wie gebannt. Ganz vorsichtig nur schritten wir auf das Wäldchen zu, um das Geheimnis des Fleckens und seiner Ausstrahlung zu ergründen. Durch die Wiese hindurch hineinzugehen, wagten wir eigenartigerweise jedoch nicht. Stattdessen begannen wir, uns von der Wasserseite her zu nähern. Von Stein zu Stein schreitend bewegten wir uns langsam vorwärts. Angestrengt achteten wir darauf, nicht abzurutschen und ins Wasser zu treten – nicht, weil uns nasse Füße geschreckt hätten, sondern weil wir das Gefühl hatten, dass das damit verbundene Geräusch den Zauber des Ortes zerstört hätte. Doch das Wäldchen wehrte sich und ließ auf den Steinen, die unser Weg werden sollten, ein paar Kormorane sitzen. Den Schnabel in typischer Weise emporgereckt, verharrten sie mit ausgebreiteten Flügeln ohne jede Regung, aber wir waren sicher, dass sie ihre Umgebung scharf beobachteten und uns längst bemerkt hatten. Als wir nahe genug waren, um ihr Gefieder in der Sonne glänzen zu sehen, blieben wir stehen. Aufscheuchen wollten wir sie nicht, auch wenn dies das Ende des Annäherungsversuches bedeutete. Mit allen Sinnen schauten wir noch einmal um uns. Ein Wald, eine Wiese, Ufersteine und Wasser, vereint zu einem Bild tiefsten Friedens. Das alles passte so gar nicht zu dem, was wir bisher von der Insel gesehen hatten; als wäre es an anderer Stelle ausgeschnitten und hierher verpflanzt worden. Und plötzlich wussten wir: es war dieses andere Schweden, das vor uns lag, das skandinavische Schweden aus Wäldern und Seen, das wir während unserer Anreise flüchtig kennengelernt hatten, und dessen tiefe Stille und Melancholie an dieser Stelle durch die Bucht wehten, als wollten sie beweisen, dass Öland trotz seiner Andersartigkeit zu Skandinavien gehörte.

In ungläubigem Staunen verharrten wir auf unseren Steinen und versuchten, diese Erkenntnis zu verarbeiten. Die Reiseführer, die wir gelesen hatten, waren nicht müde geworden zu betonen, wie wenig skandinavisch Öland war, und genau so hatten wir es auch in Erinnerung. Nirgends war jedoch die Rede davon gewesen, dass man auch auf Öland Skandinavien durchaus antreffen konnte. Entsprechend unvorbereitet traf uns diese plötzliche Begegnung im ersten Moment. Dann jedoch wich die Verwunderung mehr und mehr der Freude. Der Freude darüber, es hier gefunden zu haben, und auf einmal schien uns das ein ganz besonderes Geschenk zu sein. Natürlich wussten wir, dass die Existenz des Fleckens wohl in erster Linie auf veränderten Untergrund zurückzuführen war, aber wundervoll erschien es uns dennoch. Obwohl mit der Erkenntnis der Bann gewichen war, standen wir noch eine ganze Weile, dann kehrten wir um und sprangen die Steine zurück.

Gänzlich losreißen von der Bucht konnten wir uns jedoch noch nicht. Daher schlenderten wir ein wenig am Wasser entlang, den abgebrochenen Klippen entgegen. Schon bald verengte sich der Strand mehr und mehr, bis die Felsen unmittelbar neben uns aufragten. Ein paar Schwalben beobachtend, die uns umschwirrten, entdeckten wir zwei halbrunde, genau unter den überhängenden Fels geklebte Lehmkügelchennester, aus denen es leise, aber eindringlich piepste. Zwei-, dreimal sahen wir auch die weißen Bäuche der kleinen Schwälbchen aufblitzen, doch um den Alttieren, die ihr Nest sicher schon wieder anfliegen wollten, nicht im Wege zu stehen, zogen wir uns schnell wieder zurück und verließen die Bucht nun doch.

Unser Plan, einen der in die Karte eingezeichneten Wanderwege ins Inselinnere zu nehmen, scheiterte, da wir die von der Küstenstraße abzweigenden Pfade nicht von Hofzufahrten unterscheiden konnten. So fuhren wir weiter am Meer entlang, bis wir zur nächsten landeinwärts führenden Straße kamen. Als wir den Abzweig erreicht hatten, stellten wir die Räder jedoch zunächst an den Straßenrand und liefen noch einmal in Richtung Meer. Die Klippen führten hier wie eine flache Treppe bis ans Wasser hinab. Wir zogen die Schuhe aus und folgten ihr, bis wir auf der letzten trockenen Stufe stehenblieben. Ohne dass wir es bemerkt hatten, hatte der Wind inzwischen aufgefrischt. Kreuz und quer schwappte das Meer in kleinen Wellen auf den Fels. Die aufspritzenden Wassertropfen besprengten unsere nackten Füße. Wir ließen es geschehen und schauten dem Wellenspiel zu, dessen Hin und Her nach dem beständigen Geradeaus der letzten Kilometer eine wohltuende Abwechslung war. Eigentlich hätten wir noch eine Stufe tiefer ins Wasser treten und das Wasser unsere Füße umspielen lassen können, aber aus irgendeinem Grund taten wir das nicht. Stattdessen standen wir, als wollten wir das Meer heraufkommen lassen, obwohl wir wussten, dass es das niemals tun würde. Plötzlich kreuzten sich unmittelbar vor uns zwei Wellen, verschmolzen zu einer größeren und prallten genau gegen den Stein, auf dem wir standen. Auf einen Schlag von der mehr als doppelten Menge Tropfen getroffen, waren unsere Füße nun doch richtig nass. Schlagartig verloren wir die Lust, weiter stehenzubleiben. Nicht, dass wir etwas gegen die nassen Füße gehabt hätten, aber noch weiter dort stehenzubleiben, erschien uns auf einmal ohne jeden Sinn. Oder hatten wir nur auf einen solchen Treffer gewartet? Lachend schwangen wir uns wieder auf die Räder und fuhren zum Zeltplatz zurück, wo wir die Schlingergefährte mit tiefer Genugtuung darüber, ihnen unsere Tour abgerungen zu haben, in den Fahrradständer zurückstellten.

Anderntags brachen wir erneut auf, allerdings ohne Räder. Wir folgten der Straße in Richtung Norden, bis diese sich kurz vor der Inselspitze scharf nach Westen wandte. Wir folgten jedoch geradeaus einem Asphaltweg, der uns zu unserem eigentlichen Ziel, dem Trollwald, brachte. Wenn uns unsere Erinnerung nicht trog, waren wir vor Jahren ebenfalls hier gewesen – schemenhafte Bilder von wild verwachsenen Bäumen geisterten vor unserem inneren Auge umher.

Zunächst jedoch mutete der Wald gar nicht so urwüchsig an. Die Bäume standen in Reih und Glied wie in gewöhnlichen Forsten, nur waren sie der Dicke ihrer Stämme nach zu urteilen ein gutes Stück älter. Wir folgten dem Weg und fanden uns wenig später auf einer kleinen Lichtung wieder, die sich linkerhand strandlos im Boddenwasser verlor. Auf dem steinigen Boden wuchs kurzes, derbes Gras, über dem in großer Zahl kleine braune Schmetterlinge mit schwarzen Punkten und auch einige Admirale umherflogen. Was lockte so viele Falter auf eine grüne Wiese? Erst nach und nach entdeckten wir die Blumen, die - kaum über die Grashalme hinausragend - überall blühten. Winzige, gelb-weiße Tupfen überzogen fast die gesamte Fläche und hingeworfenen Perlen gleich lugten blaue Stachelkugeln auf blattlosen Stielen zwischen ihnen hervor. So klein die Blumen und ihre Blüten auch waren, sie verfehlten ihre Wirkung nicht; weder auf die Falter noch auf uns. Sofort waren wir versucht, wie die Schmetterlinge hin und her über die Wiese zu gaukeln, doch bedauerlicherweise blieben unsere Füße auf dem Weg.

Jenseits der Lichtung gelangten wir in dichtes, efeudurchranktes Unterholz. Nur noch ein Trampelpfad führte uns in hügeligem Auf und Ab durch das Geäst hindurch, und die überall durchschimmernden Steine erklärten, warum Kiefern hier keinen Halt fanden. Dort, wo sich ein wenig mehr Erde hatte sammeln können, wuchsen Heidel- und Monatserdbeeren, von denen wir im Vorbeigehen immer mal wieder einige pflückten. Als der Trampelpfad an einem scheinbar aus dem Nichts kommenden Querweg endete, wandten wir uns nach links, dem Meer entgegen. Unter ein paar über dem Weg zusammenschlagenden Sträuchern hindurchtretend standen wir viel schneller als erwartet am Wasser. Nur ein breiter Streifen Steine erstreckte sich noch zwischen ihm und uns. Kein Sand, keine Erde, kein noch so kümmerlicher Bewuchs bedeckte ihn; nackt und bloß lagen die Steine da, soweit der Strand reichte. Unwillkürlich bückten wir uns und hoben einen auf. Eiförmig rundgewaschen war er gleichzeitig rau und griffig. Er hatte genau die richtige Größe und Schwere, wenn wir auch nicht genau sagen konnten, wofür, und noch ehe uns klar wurde, was wir taten, hatten wir ihn auch schon in hohem Bogen ins Meer geworfen. Schließlich waren genug davon da, mehr als genug. Schwarze, weiße, graue, und schwarzrotbunte. Alle verhießen sie das gleiche wohlige Gefühl einer gefüllten Hand und für einen kurzen Moment erlagen wir der Versuchung, alle Steine ins Wasser zu werfen oder zumindest so viele, bis die umherliegende Menge erkennbar abgenommen haben würde. Lediglich ein Eiderentenpärchen, das wir mit dem Steinewerfen sicher erschreckt hätten, bewahrte uns vor dieser Torheit. Nur einen einzigen Stein hoben wir noch auf, einen von den schwarzrotbunten. Er stammte von den gleichen Graniten wie die Findlinge vom Vortag und genau wie das kleine Wäldchen schuf er eine Verbindung zwischen dem eigentlichen Skandinavien und der Insel, als gelte es einmal mehr zu beweisen, dass sie mit Recht dazugehörte.

Doch auch danach konnten wir uns noch nicht von den Geröllen trennen, und so setzten wir unseren Weg am Strand entlang fort. Knirschend, klirrend und klappernd gaben die Steine unter unseren Tritten nach und machten uns das Gehen schwer. Obwohl sich kaum ein Lüftchen regte, stapften wir dahin, als müssten wir uns gegen kräftigen Wind stemmen. Für einen Moment glaubten wir sogar tatsächlich, das Heulen und Brausen eines Sturmes zu hören, und das Klappern schwoll an zu lautem Kollern der immer wieder neu an den Strand geworfenen Steine.

Als das Steinfeld in einen schmalen Uferstreifen überzugehen begann, wandten wir uns wieder landeinwärts. Wir kamen an einer Grube vorbei, in der laut Hinweisschild früher Schiffspech aus Kiefernzapfen gewonnen wurde, und während wir uns noch fragten, woher angesichts all der Büsche und Sträucher Kiefernzapfen gekommen sein sollen, da standen wir auch schon mittendrin. Ohne jeden Übergang hatte erneut ein Kiefernwald begonnen. Einer, der vielleicht genauso alt war wie jener am Anfang unseres Weges, der ansonsten aber überhaupt nichts mit ihm gemein hatte. Kein einziger Baum glich einem anderen, alle waren verschieden voneinander, als wären sie einzeln und nicht als gemeinsamer Wald gewachsen. Das musste der Wald aus unserer Erinnerung sein! Helles Sonnenlicht durchflutete ihn von den Wipfeln hoch über uns bis zum unterholzfreien Boden zu unseren Füßen. Zunächst blieben wir überwältigt stehen, dann liefen wir staunend hinein und wussten nicht, wohin wir zuerst schauen sollten. Obwohl wir schon hier gewesen waren, hatten wir das Gefühl, solche Kiefern noch nie gesehen zu haben. Sie waren groß und kräftig und erinnerten dennoch an Krüppelkiefern. Wie Riesenschlangen krochen ihre dicken Stämme auf dem Boden entlang. In Zeiten, die lange her sein mussten, hatten sie wohl immer wieder versucht, sich aufzurichten und nach oben zu wachsen, doch jedes Mal aufs Neue waren sie niedergedrückt worden von den zahllosen Stürmen, die über die Insel fegten. Mancher Stamm bildete einen Torbogen, andere waren in Schlingen gelegt und kreuzten sich selbst. Viele teilten sich bereits am Boden zum ersten Mal, wanden sich wie Krakenarme in alle Richtungen, immer auf der Suche nach dem Weg zum Licht. Irgendwann waren sie alle zusammen stark genug gewesen, sich vom Diktat des Windes zu befreien und endlich emporzuwachsen zu ihrer jetzigen Höhe.

Für einen Augenblick wurden all diese Schlingen und Verzweigungen lebendig. Wir sahen, wie sie sich um ihres Überlebens willen im Wind beugten, hörten, wie ihr Ächzen und Stöhnen im Tosen längst vergangener Stürme unterging und fühlten den dennoch ungebrochenen Trotz, mit dem sie sich bei jedem Nachlassen des Windes immer von neuem aufrichteten. Doch schon im nächsten Moment lagen sie wieder nur als starre Abbilder ihres Daseinskampfes vor uns.

Umso beschirmender empfanden wir nun das heutige Wipfeldach. Unter ihm geborgen erblickten wir mit einemmal anstelle der Sturmgebilde einladende Kletterbäume. Sollten wir wirklich? Zwischen der eben noch empfundenen Ehrfurcht und der aufkeimenden Eroberungslust schwankend streiften wir von Kiefer zu Kiefer und strichen sanft über sie hin. Wir genossen die schuppige Rinde an unseren Handflächen und den Harzgeruch in der Nase. Wir setzten uns in die wie eigens dafür geschaffenen Kehlen der Stämme und baumelten mit den Beinen. Wir stellten den Fuß in eine Astgabel und hielten von leicht erhöhtem Standpunkt Ausschau nach dem nächsten, noch eigenartiger geformten Baum. Hatten wir einen gefunden, erstiegen wir auch ihn, und schon bald waren es nicht mehr nur eine, sondern zwei oder drei Astgabeln, die wir erklommen. Von Mal zu Mal wurden wir mutiger, wagten uns höher hinaus, doch niemals so weit, dass wir angefangen hätten, mit der Höhe der Bäume zu ringen. Wir wollten uns nicht mit ihnen messen, ihnen nur nahe sein und sie begreifen, und dazu reichten die unteren Astgabeln völlig aus.

Ohne es zu merken entfernten wir uns dabei mehr und mehr vom Weg und kamen an den Rand des Waldes. Durch eine sich bietende Lücke hindurchtretend standen wir plötzlich erneut am Strand. Unser Blick blieb an einem hölzernen Gerippe hängen, das sich beim zweiten Hinsehen als ein Schiffswrack entpuppte. Das dritte Sturmzeugnis nun schon innerhalb weniger Stunden! Wir begannen zu ahnen, dass lichtblaue Sommertage wie der heutige hier wohl eher die Ausnahme waren. Nur zu gut verstanden wir auf einmal, warum die einstigen Inselbewohner diese Ecke der Insel zur Heimat der Trolle erklärt hatten.

Nach einer kurzen Rast kehrten wir in den Wald zurück und setzten unseren Weg fort. Es dauerte nicht lange, da endeten die Kiefern genauso schlagartig, wie sie begonnen hatten. Erneut säumte Strauchwerk den Weg, doch schien es wesentlich jünger zu sein als das vom Vormittag. Schon glaubten wir, das Ende des Waldes erreicht zu haben, da entdeckten wir am Wegesrand eine uralte bucklige Eiche. Zur Hälfte hohl und unter dem eigenen Gewicht zusammengerutscht stand sie da, die knorrigen Äste wie Arme emporgereckt. Als letzter Zeuge kündete sie von einer Zeit, die weit vor dem

Kiefernwald gelegen haben musste, einer Zeit, in der die Insel vielleicht ganz anders ausgesehen hatte als heute. Noch grünten die Blätter an ihr, doch irgendetwas sagte uns, dass das Jahr nicht mehr fern war, in dem sie in sich zusammenstürzen und ihre Zeit endgültig dem Vergessen anheimfallen würde. Lange wagten wir nicht, an ihr vorüberzugehen, als ob unsere Rückkehr in die Gegenwart ihr Schicksal besiegeln würde. Erst nach einer Weile rissen wir uns, immer noch mit einiger Anstrengung, los und gelangten wenig später zum Ausgangspunkt unserer Wanderung zurück.

Nachdem wir nun zweimal im Norden der Insel gewesen waren, zog es uns für den nächsten Ausflug in den Süden. Unser Ziel war die Trockensteppe Stora Alvaret, die laut Informationsbroschüre vor allem für ihre Orchideenblüte im Frühsommer berühmt sein sollte. Dass es jetzt, Ende Juli, dafür viel zu spät war, wussten wir, doch als unverbesserliche Optimisten hofften wir dennoch auf das eine oder andere verspätete Exemplar. Außerdem reizte uns auch die Steppe an sich, die allen Beschreibungen nach, die wir gelesen hatten, ganz anders sein musste, als alle Landschaften, die wir bisher kannten, und absolut untypisch für die nördlichen Regionen, in denen wir uns befanden. Was genau wir uns vorstellen sollten, hatten wir der Lektüre jedoch nicht entnehmen können.

Voll unklarer Erwartungen liefen wir am Ende der Straße in die Alvaret hinein. Da, wo eben noch die Abwechslung von Straßenbäumen, Bauerngehöften und mohnberandeten Getreidefeldern geherrscht hatte, empfing uns nun platte Gleichförmigkeit im wahrsten Sinne des Wortes. Vollkommen eben erstreckte sich die Steppe bis zum Horizont, und es gab nicht das Geringste, was unseren Blick auf dem Weg dorthin bremste. Wohin wir auch schauten, überall nur dürres Gras, niedrige Büsche und hin und wieder ein liegengebliebener Findling. Darunter nackter Stein, der nur spärlich von einer hauchdünnen Schicht Erde bedeckt wurde. Eigenartigerweise wirkte diese Ödnis nicht abstoßend auf uns. Im Gegenteil, sie schien uns regelrecht in sich hineinzuziehen. Unsere Füße liefen wie von selbst immer schneller, und hätten wir uns nicht ganz bewusst zur Langsamkeit gezwungen, wären wir wohl bald in Laufschritt gefallen. So etwas hatten wir noch nie erlebt, und erst nach und nach wurde uns klar, dass es die endlose Weite war, die diesen Sog hervorrief.

Auf der Suche nach Orchideen hefteten wir unseren Blick im Weitergehen auf den Boden vor uns, bemüht, jeden Zollbreit mit unseren Augen zu überstreichen. Wir fanden jedoch nur rostbraune, halb vertrocknet wirkende Hälmchen, die flechtenartig auf dem Stein entlangkrochen. Unsere Hoffnung stieg erst wieder, als wir mitten zwischen ihnen ein paar leuchtend rote Kleeblüten entdeckten. Offenbar gab es doch noch Blumen, die blühten; war noch nicht alles der sommerlichen Trockenheit zum Opfer gefallen! Wenige Schritte weiter erblickten wir ein Büschel gelber Blümchen, ein paar Meter später reckten sich knapp über dem Boden winzige blaue Blütenkerzen empor. Als hätten wir unseren Blick erst jetzt richtig geschärft, sahen wir sie auf einmal überall: rote, gelbe, blaue und ab und zu auch lila Blumen. Nur wenige Zentimeter über dem Erdboden und viel zu unscheinbar, als dass sie ein Blütenteppich hätten werden können, und doch jede für sich eine kleine Pracht. Von Monotonie keine Spur mehr, stattdessen eine bunte Vielfalt. Eine Vielfalt, die allerdings sofort verschwand, sobald wir die Augen auch nur ein klein wenig hoben.

Von Zeit zu Zeit mussten wir jedoch aufschauen, um den Weg nicht zu verlieren. Wieder einmal von einem solchen Orientierungsblick auf den Boden zurückkehrend, blieben unsere Augen plötzlich in halber Höhe hängen wie an einem Hindernis. Irgendetwas musste anders gewesen sein in dem Bild, das sie wahrgenommen hatten, doch im ersten Moment wussten wir nicht recht, was. Erst beim zweiten Hinsehen gewahrten wir verblüfft einen Halm mit mehreren weißen Blüten zwischen den Gräsern. Schmalblättrig standen sie in einer spärlich besetzten Rispe um das obere Drittel des Halmes herum und erinnerten an zu groß geratene Sternmiere. War das vielleicht eine Orchidee? Hastig schlugen wir in unserem Wander- und Pflanzenführer nach, doch er verneinte. Es war eine Art Lilie, die laut unserem Heftchen aber ebenfalls zu den Raritäten der Steppe gehörte. Uns umschauend entdeckten wir, in unmittelbarer Nähe und meist im Windschatten von kleinen Büschen, noch weitere Exemplare dieser Art, doch wenige Meter weiter waren sie bereits wieder verschwunden.

Erneut nur begleitet von dem am Boden kriechenden Rostbraun und den kleinen bunten Blumen gingen wir weiter. Und dann fiel unser nach unten gerichteter Blick auf sie: fleischige, intensiv grüne Blätter, die auf dem Boden lagen und aus denen ein kräftiger, nicht minder grüner Stiel entsprang. Zwischen Unglauben und Vorahnung schwankend wanderten unsere Augen langsam an diesem Stiel nach oben: an seinem Ende saß eine dicke Dolde blassgelber Blüten. Im Vergleich zu den sie umgebenden Pflänzchen wirkte diese Blume beinahe riesenhaft und schien, sich ihrer Schönheit bewusst, das Versteckspiel der anderen nicht mitmachen zu wollen. Sicherheitshalber verglichen wir sie mit den Fotos in unserem Heft, doch eigentlich wussten wir es auch so: das war eine Orchidee! Von einem Rinderhuf umgetreten und nur halb wieder aufgerichtet stand sie direkt neben dem Weg. Wir schauten uns um. Gab es hier noch mehr davon? Aber so sehr wir auch suchten, wir konnten keine weitere entdecken.

Den Blick nicht mehr unmittelbar auf, sondern eine Handbreit über den Boden gerichtet gingen wir weiter. Nun, da wir zu wissen glaubten, dass es auch Ende Juli noch Orchideen gab, wollten wir nicht eine einzige übersehen. Doch wir sahen uns getäuscht; nirgendwo leuchtete ein kräftiger Farbtupfer auf, der uns den Standort der nächsten Blüte verraten hätte. Es blieb bei der einen, die uns nun umso kostbarer wurde: ein einzelnes, offenbar verspätetes Exemplar irgendwo in dieser weiten Ebene und doch genau dort, wo wir entlangliefen! Das zweite wundervolle Geschenk, das uns die Insel machte!

Ohne noch weiter Ausschau zu halten, setzten wir unseren Weg fort. Jetzt, da wir den Blick und die Gedanken wieder frei hatten, sahen wir, dass sich die Steppe inzwischen verändert hatte. Der nackte Stein und das rotbraune Kriechgewächs waren verschwunden und mit ihnen auch die vielen bunten Blüten. Verdrängt von trockenem Gras, unter dem wir nun doch eine deutliche Schicht Erde spürten. Einzig die gelben Blümchen waren geblieben und hatten die Gelegenheit zu nutzen gewusst: aus den vereinzelten Büscheln waren ausgedehnte Flecken geworden, die das Grasland in einen leuchtend gelben Flickenteppich verwandelten. Einige hatten es sogar geschafft, zu halbhohen Sträuchern heranzuwachsen, was wir ihnen niemals zugetraut hätten. Zweimal vergewisserten wir uns, doch es waren tatsächlich die gleichen Blätter und Blüten. Und unser schlaues Heftchen wusste noch mehr Erstaunliches zu berichten: es handelte sich um das Ölandsonnenröschen, entstanden aus der Hochgebirgsvariante der eigentlich im Mittelmeerraum beheimateten Sonnenrosen. Noch einmal ließen wir unseren Blick über die gelbe Flur schweifen. Was für ein un-

glaubliches Pflänzchen! Wie auch immer es hierhergekommen war, es hatte die kalkige Trockenheit
seiner alten Heimat gefunden, und die kühleren
Breiten ersetzten ihm die Höhe. Beharrlich hatte es
sich mehr und mehr an die hiesigen Bedingungen
angepasst, bis es die der Alvaret ohnehin innewoh-
nende Vereinigung von Nord und Süd in sich selbst
in so hohem Maße vollendete, dass es die Steppe
nach Belieben beherrschen konnte.

Es war hoher Mittag und damit Zeit für eine Rast.
Zwischen mehreren Ölandrosenbüschen ließen wir
uns auf dem Grasboden nieder - und hielten verblüfft inne. Irgendetwas hatte sich mit dem Hinsetzen verändert, aber was? Suchend schauten wir uns
um, doch da waren nur die Sträucher, die uns von
allen Seiten umgaben und über die wir nicht hinweg-
sehen konnten. Wir erhoben uns noch einmal und
setzten uns erneut, und da erkannten wir es: in dem
Moment, in dem unser Blick nicht mehr über die
Büsche reichte, verschwand die sogartige Wirkung
der Steppe. An ihre Stelle trat das genaue Gegenteil,
eine tiefe Geborgenheit wie in einem guten Ver-
steck, die uns die Welt hinter den Büschen schlagartig vergessen ließ. Es war regelrecht unvorstellbar,
dass es jenseits der Sträucher noch etwas geben

sollte, und der Gedanke, dass wir uns immer noch inmitten der unendlichen Ebene befanden, war geradezu absurd.

Still saßen wir, fühlten uns unsichtbar, weil wir nichts sahen, und ruhten uns aus. Eine Goldammer hüpfte durch die Zweige und brachte noch mehr Gelb in die blühenden Büsche. Ohne ihre Bewegung wäre sie niemals zu sehen gewesen, denn ihr Federkleid traf den Farbton der Blüten genau. So aber schauten wir ihr zu, bis sie uns irgendwann entdeckte und erschrocken davonflog.

Eine Weile später wurde es auch für uns Zeit weiterzugehen. Unser Weg war noch nicht zu Ende, und vielleicht bot uns die Steppe ja noch mehr Überraschungen. Kaum waren wir aus den Büschen herausgetreten, spürten wir erneut den Sog der endlosen Weite. Die gesamte Ebene auf einmal erfassend und ob ihrer Gleichförmigkeit als schon gesehen ausblendend enteilte unsere Neugier augenblicklich an den Horizont. Unsere Füße versuchten hinterherzueilen, hatten aber nicht den Hauch einer Chance. An den tatsächlichen Weg gebunden holten sie stattdessen Schritt für Schritt unsere Gedanken zurück, bis wir dem Sog widerstehen konnten.

Wir folgten immer noch dem Pfad, den wir vor unserer Rast gekommen waren. Die Schicht Erde unter unseren Füßen wurde zunehmend dicker, das darauf wachsende Gras kräftiger. Wenig später verschwanden mit einem Schlag die Ölandrosen. Dafür entdeckten wir im nun halbhohen Gras vereinzelt langstielige Blumen mit tiefrosa Fiederblüten. Von der bisher überall fast greifbaren Trockenheit war nichts mehr zu spüren, stattdessen wirkte die Umgebung regelrecht feucht. Kaum hatten wir diesen Gedanken zu Ende gedacht, da sahen wir vor uns einen flachen, bis zum Horizont reichenden See! Die riedähnliche Wiese züngelte von allen Seiten ins Wasser hinein, einzelne Grasballen standen als kleine Inseln inmitten der Lache und ganz hinten lag ein Findling auf dem zentimeterflachen Grund. Genaugenommen war es kein See im eigentlichen Sinne, sondern nur eine Nassstelle. Nähertretend konnten wir deutlich die unter dem klaren Wasser liegende Lehmschicht erkennen, deren rissige Oberfläche uns verriet, dass auch sie von Zeit zu Zeit trockenfiel.

Wortlos standen wir und schauten. Nach all der Trockenheit tat der Anblick der Wasserfläche wohl, und ganz allmählich begannen wir zu verstehen. All die beobachteten Veränderungen der Pflanzenwelt, vom Verschwinden der kleinen Blümchen über das Dominieren der Ölandrosen im Grasland bis zu deren Verdrängung durch das Ried, hatten bereits vom näherkommenden Wasser gekündet, aber erst jetzt, da wir hier standen, konnten wir diese Zeichen lesen. Offenbar besaß selbst diese auf den ersten Blick so endlos gleich erscheinende Steppenlandschaft ihre Strukturen – Strukturen, die vom Vorhanden- oder Nichtvorhandensein von Wasser bestimmt wurden.

Als wir eine ganze Weile später weitergehen wollten, stellten wir fest, dass der Weg – oder das, was wir dafür hielten – zu Ende war. Laut der Skizze in unserem Heft hätte er das jedoch nicht sein dürfen. Waren wir etwa gar nicht dort, wo wir uns wähnten? Da uns nichts anderes übrigblieb, gingen wir zurück zu unserer Raststelle. Hier verglichen wir erneut die Wege und Abzweige mit unserer Karte und versuchten herauszufinden, wo genau auf unserer Route wir uns eigentlich befanden, aber es gelang uns nicht. Selbst wenn wir annahmen, schon am Anfang der Wanderung einmal falsch abgebogen zu sein, ließ sich keine Übereinstimmung zwischen unserer Umgebung und der Karte herstellen. Gänzlich falsch konnten wir andererseits auch nicht gegangen sein;

dies zumindest leiteten wir aus dem Sonnenstand und dem Verlauf der vor uns liegenden Wege ab. Darum entschieden wir uns gegen eine Rückkehr auf der Strecke, die wir gekommen waren, und für eine Fortsetzung des Weges auf einem Pfad, der in die ursprünglich geplante Richtung führte, und der außerdem ziemlich deutlich vor uns lag.

Das aufkeimende Gefühl von Verunsicherung verdrängend liefen wir los. Zunächst begleiteten uns wieder die gelben Rosenbüsche, doch schon bald wurden sie kleiner und kleiner, bis sie erneut die winzigen Büschel waren, als die wir sie kennengelernt hatten. Das Gras verschwand, an seine Stelle traten wieder das rostbraune Kriechgewächs und die kleinblütigen Blumen. Überall lugte der nackte, Trockenheit atmende Kalkstein hervor. Fast erschien es uns unwirklich, dass wir eben noch an einer seegroßen Wasserlache gestanden hatten, deren jenseitiges Ufer wir nicht einmal hatten sehen können. Nur die kleinen, vom Austrocknen zerrissenen und verbogenen Lehmflecken rechts und links des Weges, die im Frühjahr selbst einmal kleine Wasserlachen gewesen waren, bestätigten uns deren wirkliche Existenz.

Lange liefen wir, ohne dass sich an dieser Szenerie etwas änderte. Leise meldeten sich die Zweifel wieder. Müssten wir nicht mittlerweile das Ende der Steppe wenigstens sehen können? Wir waren nun schon mehr als anderthalb Stunden unterwegs, genauso lange wie wir für den Hinweg gebraucht hatten. Hatten wir uns etwa doch verlaufen? Noch einmal schauten wir nach der Sonne, doch die Richtung des Weges stimmte. Oder machten wir einen grundlegenden Denkfehler? Aber dann war der Pfad erst recht die einzige Orientierung, die wir in der nun wieder monoton vor uns liegenden Steppe hatten. Ihn jetzt zu verlassen, wäre absolut unsinnig; denn auf ihm würden wir wenigstens irgendwohin kommen, an irgendeinen Ort, wo wir uns neue Orientierung verschaffen konnten.

Mit diesen Gedanken ein wenig mühsam die Zuversicht aufrechterhaltend setzten wir unseren Weg fort. Zwei weiße Glockenblumen versetzten uns in Erstaunen, denn wir kannten sie bisher nur in violett. Ansonsten nahmen wir von unserer Umgebung jedoch nicht mehr viel wahr. Wir wollten nur noch eins: raus aus diesem sich in alle Richtungen erstrekkenden, nirgends zu enden scheinenden und überall gleich platten Land, das jedes Mal, wenn wir aufschauten, seinen eigenartigen Sog auf uns ausübte, als wollte es uns ganz tief zu sich hereinholen. Wie ein Moor, in dem wir allmählich versanken, auch wenn dieser Vergleich angesichts der Trockenheit nicht recht passen wollte.

Immer wieder suchten wir den vor uns liegenden Horizont nach Anzeichen für ein Ende der Steppe ab, doch es dauerte noch eine ganze Weile bis wir sie tatsächlich entdeckten. Zunächst war es nur eine Baumreihe, die nicht zu der bisherigen Landschaft passte und außerdem vage an einen Straßenrand erinnerte. Wenig später glaubten wir, auch in gleicher Richtung verlaufende Stromleitungen und einen Farbtupfer zu erkennen, der vielleicht ein Verkehrsschild war. Verlief dort wirklich eine Straße? Erleichtert und mit neuem Mut beschleunigten wir unsere Schritte. Bald wussten wir, dass wir uns nicht getäuscht hatten: Es waren wirklich Stromleitungen, und wo Stromleitungen waren, konnten auch Häuser, Ortsschilder und Wegweiser nicht weit sein. Noch nie waren wir so froh gewesen, in die offensichtliche Einflusssphäre menschlicher Existenz zurückzukehren! Wir querten ein ausgetrocknetes Bachbett, und nun begann sich auch unsere unmittelbare Umgebung zu verändern. Der Untergrund verlor seine Plattigkeit, er wurde wellig und erdig. Anstelle der Steppenblümchen wuchsen Gras und Heckenrosensträucher neben dem Weg, wie wir sie schon oft in den Ortschaften der Insel gesehen hatten. Wenig später kletterten wir über eine Viehzauntreppe und standen auf einer staubigen Straße. Aus einem Schild neben der Treppe erlasen wir, dass wir genau an der ursprünglich geplanten Stelle herausgekommen waren. Noch einmal versuchten wir, unseren Weg in der Karte nachzuvollziehen – vergeblich. Schließlich ließen wir es sein und folgten der Straße, bis wir unseren Startpunkt wieder erreicht hatten.

Unser letzter Ausflug führte uns noch einmal zu den Klippen an der Westküste der Insel. Diese hatten wir auf unserem Radausflug größtenteils nur von oben erlebt, nun wollten wir sie von unten genauer kennenlernen.

Vorbei an einem Toilettenhäuschen, das am Ortsende dastand, als wollte es jeden gemahnen, dass bei Fortsetzung des Weges keine Segnungen der Zivilisation mehr anzutreffen seien, gelangten wir an den Strand. Das Meer hatte dichte Tangmatten ans Ufer geworfen, in denen ein paar Schnepfenvögel umherstelzten und nach Nahrung suchten. Unter unseren Füßen hatten wir zunächst den cremeweißen Splitt und das Gras mit den felligen Kölbchen, die wir schon von unserem ersten Ausflug kannten. Der blaue Natternkopf jedoch fehlte, und je weiter die Klippen neben uns aus dem Strand emporwuchsen, desto mehr verschwand der Splitt und ging in den rotbraunen, plattigen Schotter über, dem wir ebenfalls auf unserer ersten Tour schon begegnet waren. Obwohl wir gar nichts mehr aufsammeln wollten, klebten unsere Blicke erneut am Boden. Immer wieder staunten wir über die riesigen, teilweise unterarmlangen Abdrücke von Donnerkeilen. Muscheln und die krebsähnlichen Trilobiten gab es seltsamerweise kaum. Dafür entdeckten wir platte Steine mit dunklen, kugeligen Knollen, aus denen es uns, wenn sie aufgebrochen waren, metallisch goldgelb entgegenglitzerte. Natürlich war es kein Gold, sondern Pyrit oder Markasit, aber sie lockten uns trotzdem. Eine um die andere hoben wir auf, erfreuten uns an ihrem funkelnden Glanz und staunten darüber, was für schöne Abfallprodukte die Natur doch produzierte. Denn im Grunde genommen waren diese Pyritknollen nur entstanden, weil sich irgendwo auf dem Meeresgrund so viel Gewebereste abgestorbener Pflanzen und Tiere angesammelt hatten, dass ihre Fäulnis das im Meerwasser enthaltene Eisen und Sulfat in diese Glitzersteinchen umwandelte. Gern hätten wir eine diese Knollen mitgenommen, doch das wäre sinnlos gewesen; sie würden sich bald zersetzen und zu nichts als Krümeln zerfallen.

Als wir uns wieder einmal nach einer solchen Knolle bückten, erblickten wir neben ihr einen Gesteinsbrocken aus langen Kristallen, und, als wir uns umschauten, noch weitere derartige Bruchstücke. Wir hockten uns nieder und betrachteten einen von ihnen genauer. So große Kristalle hatten wir noch nie gesehen. Sie waren fingerdick, beinahe handlang und pallisadenartig an ihren Längsseiten miteinander verwachsen. In reinem Zustand waren sie wahrscheinlich farblos klar, diese hier waren jedoch schwärzlich getrübt. So scharf, wie ihre Kanten waren, konnten sie nicht lange im Meer gelegen haben, doch dass sie vom Meer an den Strand geworfen worden waren, daran zweifelten wir nicht einen Moment. Wir suchten einen anderen Brocken, an dem noch etwas von dem Gestein erkennbar war, auf dem die Kristalle aufgewachsen waren, und sahen verblüfft, dass es genau der gleiche Kalkstein war, aus dem die Klippen hinter uns bestanden, und kein exotisches Gestein aus dem tiefen Untergrund Skandinaviens, wie wir wohl unbewusst vermutet hatten. Waren diese Kristallbrocken etwa gar nicht vom Meer angespült worden? Wir traten ganz dicht an die Klippenwand heran und betrachteten sie prüfend. Bröcklig und verwittert sah sie aus, überhaupt nicht mehr wie der rotbraune Kalkstein und Strukturen waren kaum noch zu erkennen. Aber wir wussten, was wir suchten, und so entdeckten wir es schließlich doch: gut versteckt unter einem Überhang verlief ein breites Band senkrecht aufgereihter Kristalle! Also stammten die Brocken auf dem Strand von hier! Aber wie waren derart riesige Kristalle entstanden? Wir waren uns eigentlich fast sicher, dass es sich nur um Calcit handeln konnte, also das gleiche Material, dass auch den Kalkstein aufbaute. Gleichzeitig mit diesem entstanden sein konnten sie aber nicht. Eine unbestimmte Ahnung und die schwarze Färbung sagten uns, dass wohl auch hier, genau wie schon bei den Pyritknollen, die Zersetzung organischer Substanz aus abgestorbenen Tier- und Pflanzenreste eine Rolle gespielt hatte. Gern hätten wir es genauer gewusst, doch die Kristalle verrieten es uns nicht, selbst dann nicht, als wir im Weitergehen fragend mit den Fingern über ihre glatte Oberfläche strichen. Stattdessen verschwanden sie zusammen mit den Klippen allmählich im Strand und überließen es einer späteren Recherche herauszufinden, dass es sich um Anthrakonit handelte.

Inmitten eines vergessenen Museums aus winzigen Lesesteinhütten und verrostetem Fischereigerät hielten wir Rast. Einen Moment lang erwogen wir, den Strand zu verlassen und den Rückweg anzutreten, doch wir verwarfen diesen Gedanken und setzten nach kurzer Pause unsere Wanderung fort. Schon bald stiegen die Klippen wieder in die Höhe, frisch und rotbraun und voll von Donnerkeilen, wie wir sie an unserem ersten Tag kennengelernt hatten. In unserem Rücken blies vom Meer her ein kühler Wind. Noch schien die Sonne, aber wir hatten bereits die Regenwolken gesehen, die er bringen würde. Hätten wir doch vorhin schon umkehren sollen? Die Frage war gegenstandslos, und jetzt war es dafür ohnehin zu spät. Die Klippen ragten wieder in voller Höhe neben uns auf, und wir konnten gar nichts anderes tun, als weiter über den plattigen Schotter zu stapfen und uns über die Steintürmchen zu amüsieren, die irgendjemand entlang der Uferlinie errichtet hatte, obwohl die Gefahr, sich hier zu verirren, mehr als gering war.

Da wehte die nächste Windböe heran. Kurz darauf spürten wir Wassertropfen auf unsere Waden fallen, doch vor unseren Füßen blieb alles trocken. Ein paar Meter weit waren wir schneller als der Regen, dann überholte er uns und sprenkelte die Steine vor uns. Eine zweite Windböe, und die Wolke war vorüber; der Strand blieb trocken, und angesichts des Nicht-einmal-Kurzregens fragten wir uns, wie wir uns vor diesen Wolken hatten fürchten können. Dennoch beschlossen wir, bei der nächstmöglichen Gelegenheit den Rückweg anzutreten, zumal wir spürten, wie unsere Füße vom Steinetreten müde wurden.

Wir hatten den denkbar ungünstigsten Zeitpunkt für diese Entscheidung gewählt. Gerade jetzt ragten die Klippen ohne jede Aufstiegsmöglichkeit neben uns auf. Erst ganz weit entfernt erspähten wir einen weißen Fleck, den wir als Sandstrand und damit als möglichen Umkehrpunkt deuteten. Näherkommend bemerkten wir jedoch, dass es sich nur um ein Schild handelte, hinter dem sich die Klippen in unverminderter Höhe fortsetzten. Leicht enttäuscht gingen wir weiter. Schotter und Klippen boten unverändert das gewohnte Bild, aber es vermochte uns nicht mehr so recht zu fesseln. Immer wieder betrachteten wir prüfend die Felswände. Vielleicht konnten wir einfach hochklettern? Doch auch diese Hoffnung zerschlug sich. Zu viele Risse und Fugen durchzogen den Kalkstein, an irgendeiner Stelle würde er uns nicht halten können und wir, gefolgt von jeder Menge Schutt, herabstürzen. Früher oder später wird schon ein Aufgang kommen, trösteten wir uns, obwohl wir dessen gar nicht sicher waren. Was sagte uns denn, dass die nächste Aufstiegsmöglichkeit nicht erst ganz hinten am Horizont lag, wo Klippen und Strand mit Himmel und Meer verschmolzen oder dort, wo wir auf unserer Radtour von der Uferstraße abgebogen waren? War es doch besser umzukehren?

Gerade, als wir diesen Gedanken das erste Mal gedacht hatten, entdeckten wir etwas weiter vorn eine dunkle, die Klippen hinaufführende Linie. Das musste ein Aufgang sein! Woher wir die Gewissheit nahmen, war uns selbst nicht klar, doch wir wussten es plötzlich ganz sicher. Erst als wir unmittelbar davorstanden, zweifelten wir noch einmal für einen Moment. Anstelle der Klippen hatten wir lose aufgestapelte Halden ehemaliger Kalksteinbrüche vor uns. War die hinaufführende Linie also nur ein Zufallsprodukt? Doch schon auf den zweiten Blick, als sich das Durcheinander der Steine zu entwirren begann, erkannten wir die in die Halde gelegte Treppe. Sorgsam und genau im richtigen Abstand war Trittstein für Trittstein platziert worden, damit sie beim Betreten auf keinen Fall wegrutschten. Wie alt diese Treppe wohl war?

Im Handumdrehen und ohne einen einzigen Wackler waren wir oben. Ein Fleckchen Steppe empfing uns, doch sie war anders als die Alvaret des Südens. Zahlreiche Findlinge lagen umher, statt der Ölandrosenbüsche wuchs Wacholder und überhaupt fehlte ihr die endlose Weite, als wäre sie nur eine kleine Lichtung irgendwo im Wald. Einem Fahrweg folgend liefen wir in Richtung des Ortes zurück, dem Wind und den nächsten Regenwolken entgegen. Und diesmal verschonten sie uns nicht. Ein kräftiger Schauer ging über uns nieder. Er zwang uns, uns tief in unsere Jacken zu verkriechen und verbarg Steppe und Felsen hinter einem silbrigen Vorhang aus Regen und Licht. Denn trotz der Wolken war die Sonne nicht verschwunden, und ihr Licht brach sich in jedem einzelnen Tropfen wie in den Kristallen eines Kronleuchters. Bevor wir uns jedoch von diesem Zauber so richtig gefangen nehmen lassen konnten, war er auch schon wieder vorbei. Es hörte auf zu regnen, und lange bevor wir im Ort ankamen, hatte der Wind uns bereits wieder trockengeblasen.

Später am Abend richteten wir im Licht der langen Dämmerung unser Gepäck für die bevorstehende Abfahrt. Erstmalig waren um diese Zeit Wolken am Himmel, die sich allmählich zu verfärben begannen und einen prächtigen Sonnenuntergang versprachen. Noch einmal brachen wir auf, quer über die Insel gen Westen, zu der Stelle, an der wir uns am ersten Tag von den Wellen hatten nassspritzen lassen. Doch wir hatten Pech. Die Wolkendecke über dem Meer war viel zu dicht, und der Lichtschein über dem Horizont verriet uns, dass wir genau einen Moment zu spät gekommen waren. Wir blieben dennoch stehen. Während das Licht immer schwächer wurde, zogen die letzten Tage an uns vorüber. Die Zweifel bei unserer Ankunft waren unberechtigt gewesen. Wir hatten die alten Eindrücke wiedergefunden und neue dazugewonnen. Eindrücke von Orten und Welten, die unterschiedlicher nicht sein konnten: wir waren in Canyons hinabgestiegen und eingetaucht in die skandinavischen Wälder, hatten sturmumtoste Küsten besucht und in der blühenden Steppe ein Stück Süden gefunden. Normalerweise musste man dazu an Orte in den unterschiedlichsten Gegenden der Erde reisen, doch für uns waren sie Bilder ein und desselben Eilandes – der Insel Öland, die all diese Welten in sich vereinte.

Regina Gehmlich wurde 1972 in Dresden geboren. Nach dem Abitur studierte sie Mineralogie an der TU Bergakademie Freiberg. Sie lebt heute in Wießenborn/Erzgebirge, ist verheiratet und hat drei Kinder. Seit 2016 arbeitet sie als geowissenschaftliche Lektorin auf Expeditionskreuzfahrtschiffen vor allem in der Arktis und Antarktis.

In ihren Landschaftserzählungen stellt Regina Gehmlich Inseln der unterschiedlichsten Regionen vor, wobei es weniger um spektakuläre Abenteuer, als vorrangig um die kleinen und großen Wunder am Wegesrand geht, die die Poesie einer Landschaft ausmachen. Mehr Informationen über die Autorin und ihre Arbeit finden Sie auf Ihrer Internetseite unter www.inselbummler.de

In gleicher Reihe sind bereits erschienen:

Aus dem Schatzkästchen der Inselbummlerin
Hiddensee   Kefallonia   Barra
ISBN 978-3-86858-233-8

Aus dem Schatzkästchen der Inselbummlerin 2
Moen   Schiermonnikoog
ISBN 978-3-73229-958-4

Herstellung und Verlag:
BoD –Books on Demand, Norderstedt

**Bibliographische Information der Deutschen
Nationalbibliothek**
Die Deutsche Nationalbibliothek verzeichnet diese
Publikation in der Deutschen Nationalbibliographie;
detaillierte bibliographische Daten sind im Internet über
http://dnb.d-nb.de abrufbar.

ISBN 978-3-75288-063-2